너의 곁에 있을게

with you

너의 곁에 있을게

with you

하마노 교코 장편소설

허하나 옮김

폭스코너

차례

　　　　　　일정한 간격으로 줄지어 선 하얀 가로 등을 하나씩 지나치며 유토는 인적 없는 길을 달렸다. 고요한 주택가의 밤 아홉 시. 이따금 귀가 중인 회사원으로 보이는 사람을 마주칠 때도 있었지만, 운동복 차림으로 달리는 유토를 수상하게 보는 사람은 없었다.

　속에서 들끓는 분노인지 초조함인지 모를 감정을 주체하지 못하고 집에서 뛰쳐나왔다. 딱히 무슨 일이 있었던 건 아니었다. 그냥 집에 있고 싶지 않았다. 대체 언제부터 이런 생각을 하게 됐을까.

　유토는 달렸다. 달릴 때면, 늘 유토 곁을 맴도는 불쾌한 마음도 사라졌다. 이 순간만큼은 다 잊을 수 있었다.

　지금 달리기나 할 때냐고 이성이 외쳤지만, 그에 저항하듯이 유토는 평소 달리던 러닝 코스를 벗어나 앞으로 나아갔다.

아스팔트 지면을 박차는 자신의 발소리만 들렸다. 앞쪽에 보이는 신호가 노란불로 바뀌었다. 저 너머는 유토가 다니는 중학교의 통학 구역 밖이었다. 건널목을 건너자마자 울창하게 우거진 짙은 빛깔의 나무들이 눈에 들어왔다. 사카와 공원이다. 이렇다 할 특색이 있는 공원은 아니지만, 집 근처에 있는 공원보다 넓었다. 어렸을 때 형을 따라 몇 번 온 적이 있는데, 그때는 짧은 여행이라도 하는 기분이었다.

그네와 미끄럼틀, 모래밭 따위가 설치된 평범한 구식 공원이었다. 이런 시각에 이곳을 찾아올 취향 별난 사람도 별로 없을 터였다. 여기 살던 노숙자가 어느샌가 안 보이게 됐다는 이야기를 누구에게 들었는지 모르겠다. 적막에 휩싸인 밤의 공원은 조금 으스스하고 낯설게 보였다. 예전에 왔을 때의 기억은 이미 희미해졌지만, 낮에 보면 분명 전혀 다른 모습일 것이다.

유토는 속도를 조금 늦추고, 안을 살피듯이 고개를 돌려 공원 쪽을 바라봤다. 당연히 사람 따위 있을 리가 없었다. 그런데….

공원 입구를 지나치고 나서 뭔가 위화감을 느낀 유토는 발을 멈췄다. 그리고 천천히 발길을 되돌려, 다시 한번 입구로 가서 공원 안으로 몇 발짝 걸어 들어갔다.

유토가 잘못 본 게 아니었다. 그네에 우두커니 앉아 있는 사람이 있었다. 유토의 미간이 찌푸려졌다. 앉아 있는 사람이 자신과 비슷한 나이대의 소녀였기 때문이다. 소녀는 그저 가만히 앉아 있을 뿐 그녀의 체인은 전혀 움직이고 있지 않았다.

"알 게 뭐야."

그렇게 중얼거린 유토는 다시 달리기 시작했다.

집 앞까지 달린 유토는 거친 숨을 내쉬며 잠시 하늘을 올려다봤다. 군청색 밤하늘에 드문드문 별이 반짝이고 있었다. 조금 전까지 달렸던 탓에 몸은 후끈거렸지만, 가을이 깊어가는 요즘 시기는 밤 아홉 시가 넘으면 공기가 서늘했다. 그 순간 갑자기 아까 공원에 있었던 소녀가 머릿속에 떠올랐다.

'그 애, 겉옷도 안 걸치고 있었지…'

1

가시와기 유토의 집은 시내 서쪽에 있는 오래된 다세대주택이었다.

집에 있는 방 세 개는 모두 일본식 다다미방인데, 가장 좁고 볕이 잘 안 드는 다다미 네 장 반짜리 방이 유토의 방이었다. 형인 나오토의 방은 유토의 방보다 넓고 볕도 잘 들었다.

지어진 지 사십 년이 넘은 5층 건물에는 엘리베이터가 없어서, 유토는 계단을 단숨에 뛰어 올라갔다.

문을 열고 집에 들어가니, 엄마가 부엌에서 휴대폰을 보고 있었다.

"다녀왔습니다."

낮은 목소리로 유토가 말하자, 엄마는 살짝 얼굴을 들고 "어"라며 한숨인지 대답인지 모를 소리를 냈다. 그대로 방으로 향하는 유토의 등 뒤에다 대고 엄마가 말했다.

"얼른 씻으렴."

부모님 방은 부엌과 장지문으로 이어져 있는데, 도코노마(일본식 방 안쪽에 바닥을 한층 높여 만든 곳. 벽에는 족자를 걸고 바닥에는 꽃이나 장식물 등을 놓는다–옮긴이)가 딸린 다다미 여섯 장짜리 크기였다. 엄마는 잘 때를 제외하고는 대부분 부엌에서 신문이나 잡지를 읽거나 티브이를 보거나 그것도 아니면 휴대폰을 만지작거렸다.

나오토는 방에 틀어박혀서 공부하고 있는 모양이었다. 최상위권 현립 고등학교에 진학한 두 살 위의 형은 그곳에서도 상위권 성적을 유지하고 있었다.

그리고 또 다른 가족인 아빠는 반년 넘게 얼굴을 보지 못했다.

어느덧 10월도 중순에 접어든 어느 날이었다. 저녁밥을 먹은 뒤, 운동복 차림의 유토가 부엌에 들어서니 엄마가 뒷정리를 하고 있었다.

"또 달리기하러 가니?"

엄마의 질문에 유토는 등을 돌린 채 대답했다.

"수험생한테는 체력도 중요하잖아."

엄마의 태도에는 수험생이면서 외출하는 유토를 나무라는 기색조차 없었다.

유토는 일주일에 두 번 학원에 갔다. 고등학교 입시를 앞둔 지금은 친구들도 당연히 학원에 다니고 있었고, 일주일에 두 번 가는 건 오히려 적은 편에 속했다. 유토는 학원에 가지 않는 평일에는 별다른 대화 없는 저녁 식사를 마친 뒤, 오후 아홉 시 전후로 달리기를 하러 밖에 나갔다. 그게 2학기에 동아리 활동을 그만둔 뒤부터 유토가 밤을 보내는 방법이었다.

현관문이 쾅 하는 소리를 내며 닫혔다. 딱히 난폭하게 닫으려던 건 아니었는데, 유토의 초조한 마음을 그대로 드러내듯이 그만 큰 소리가 나고 말았다.

수험생에게 체력이 중요하다는 말은 변명이었다. 그냥 집에 있고 싶지 않았을 뿐이었다. 유토는 달리고 또 달리며 마음속 응어리를 가라앉혔다.

저 멀리 신호등이 보였을 때, 문득 며칠 전 사카와 공원에서 소녀를 본 일이 떠올랐다. '설마 오늘은 없겠지'라고 생각했지만, 괜히 신경이 쓰인 유토는 공원으로 발걸음을 옮겼다.

공원은 모든 게 다 잠에 빠진 것처럼 조용했다. 생명체의 낌새는 느껴지지 않았다. 얼핏 보기에는 아무도 없는 것 같았다. 유토는 그 사실에 안심하면서도 아주 살짝 실망했다.

유토는 차량 진입 금지용 말뚝을 넘어 공원 안으로 들어갔다. 마치 그 기척을 감지하기라도 한 듯 약한 바람이 나뭇잎을 흔들었다. 유토는 천천히 시선을 돌려 주위를 살폈다.

그녀로 눈이 향한 순간 유토는 저도 모르게 숨을 삼켰다. 지난번에 본 소녀였다. 소녀는 그때처럼 고개를 숙이고 그네에 앉아 있었다. 숨죽이고 자신의 존재를 감추려는 듯 그네의 체인은 미동도 하지 않았다. 마치 시간이 정지되고 세상이 멈춘 것 같다고 유토는 생각했다.

유토는 그 소녀에게 다가갔다. 모래 섞인 공원 바닥을 밟을 때마다 사박사박 소리가 났지만, 소녀는 고개를 들지 않았다. 그네 기둥 옆에 선 유토는 큰맘 먹고 말을 걸었다.

"여기서 뭐 해?"

대답은 없었지만, 소녀는 살짝 얼굴을 들었다. 얼굴빛은 창백했고 생기가 없어 보였다. 어쩌면 그네 옆 가로등의 새하얀 불빛 때문에 그렇게 보였을지도 모른다.

불량 학생 같은 부류가 아니라는 건 한눈에 봐도 알 수 있었다. 오히려 착실해 보이는 인상이었는데, 그래서 더 '여기서 뭘 하는 걸까'라는 의문이 사라지지 않았다.

"이런 시간에 여기 있으면 위험해."

그러자 소녀는 천천히 자리에서 일어섰다.

"집에 갈 거야."

바싹 메마른 말투. 어둡게 가라앉은 얼굴.

소녀가 걷기 시작했다. 짧은 머리에 호리호리한 체구, 검붉은색 운동복에 흰색 아디다스 운동화를 신었다. 야무진 걸음걸이였지만, 무척이나 쓸쓸해 보이는 뒷모습이었다.

저대로 내버려 둬도 괜찮을까. 아니, 어차피 생판 남이고 자신이 알 바 아니다. 그렇게 생각했지만, 무거운 발걸음으로 터덜터덜 걸어가는 모습을 본 유토는 저도 모르게 뒤에서 말을 걸었다.

"데려다줄게."

유토는 서둘러 가까이 다가갔다. 소녀는 대답하지 않았지만, 거절도 하지 않았기 때문에 유토는 묵묵히 소녀 옆에서 나란히 걸었다.

"중학생이야?"

소녀가 작게 고개를 끄덕이길래 유토는 근방에 있는 중학교 이름을 대며 질문했다.

"사카와 중학교?"

소녀가 또 고개를 끄덕였다.

"난 미도리 중학교야."

그렇게 말했지만 아무 반응이 없어서 유토는 어쩔 수 없이 또 말을 이었다.

"저번에도 봤는데, 아무도 없는 공원에서 뭐 하고 있었어? 여자애 혼자서 위험하잖아."

"…산책."

그 뒤로는 아무 대화 없이 그냥 걸었다. 어지간히 기분 안 좋은 일이라도 있었던 걸까. 하지만 지난번에도 봤던 걸 생각해보면 오늘 갑자기 무슨 일이 생긴 건 아닐지도 모른다. 곧바로 따돌림이라는 단어가 떠올랐다. 그렇지만 사정을 캐물을 마음은 없었다. 상대는 이름도 모르는 생판 남이니까.

소녀가 갑자기 고개를 들고 하늘을 올려다봤다. 덩달아 하늘을 본 유토가 중얼거렸다.

"카시오페이아자리네."

저 높은 하늘에서 바람이 부는지 별들이 흔들리는 것처럼 보였다.

"별이 노래하는 것 같아."

불쑥 중얼거린 소녀가 발을 멈추고 유토를 바라왔다. 처음으로 시선이 마주쳤다. 또렷하고 살짝 눈꼬리가 올라간 눈. 어쩌면 아까 울고 있었을지도 모른다고 생각했지만, 눈물 자국은 보이지 않았다. 오히려 소녀의 눈동자에는 강한 빛이 깃들어 있었다.

"이제 다 왔어."

그곳은 사카와 공원에서 오 분 정도 떨어진 장소였다.

"너희 집?"

고개를 끄덕인 소녀가 손가락으로 가리킨 곳에는 근사한 고층 아파트가 서 있었다. 몇 년 전 생겼을 때 세련된 외관으로 잠시 화제가 되었던 사카와 힐스였다. 소녀는 가볍게 고개 숙여 인사한 뒤 유토를 등지고 건물로 향했다. 카드키로 출입문을 열고 건물 안으로 들어가는 모습을 지켜본 유토는 쳇 하고 혀를 찼다. 잔뜩 고민에 잠긴 표정을 하고 있었으면서, 설마 이렇게 좋은 곳에 사는 부잣집 애였을 줄이야. 똑같은 집합 주택이라도 유토가 사는 오래된 다세대주택과는 천지 차이였다.

"어차피 나랑 상관없으니까."

쓸데없이 샛길로 빠졌다. 아마 그 애에게는 쓸데없는 참견이었을 것이다. 그네에 가만히 앉아 꼼짝도 하지 않는 모습을 봤을 때,

순간 '이 애 죽고 싶은 게 아닐까?'라는 생각이 들었다. 그런 상상을 한 자신이 한심스러웠다.

"사카와 힐스 주민이라니."

유토는 그렇게 혼잣말하고 발끝으로 지면을 박찼다. 눈앞에 우뚝 솟은 아파트의 거대한 외관과 호화로운 출입구가 보였다. 자신과는 관계없는 세계가 거만하게 유토를 내려다보고 있었다.

다음 날은 학원에 가는 날이었다.

"가시와기, 너 히가시고 지망이라며? 이치고가 아니었네?"

학원 수업이 끝난 뒤, 오쿠보 히로키가 말을 걸어왔다. 다른 학교에 다니는 히로키는 4월부터 친해진 학원 친구였다. 둘 다 육상부라 지구대회 등에서 만난 적이 있기도 해서 금세 친해졌다.

"아, 응. 무리하기 싫어서."

"잘됐네. 그럼 고등학교 가서 같이 육상 하자."

"너도 히가시고 지망이야?"

"나야 뭐, 성적에 맞춘 거지. 이치고 같은 데 가겠다고 하면, 아무리 선생님이라도 반대할걸? 어차피 우리 학교에서 이치고로 가는 애는 몇 명뿐이니까."

히로키는 쾌활하게 웃었다.

"그건 우리 학교도 똑같아. 그러고 보니 히로키 너 사카와중이었구나."

사카와중이라는 단어를 입에 올린 순간, 공원에서 만난 소녀가 뇌리를 스쳤다.

"새삼스럽게 무슨 소리야."

"저기, 사카와 공원이라고 있잖아. 거기 뭐 위험한 데는 아니지?"

"위험하다니?"

"불량배들이 자주 온다거나, 뭐 그런 거."

"그렇지는 않을걸? 공원 근처에 편의점 같은 것도 없잖아. 전에는 노숙자가 살았던 모양인데, 언제부턴가 안 보이게 됐다는 말은 들었어. 그런데 왜?"

"아, 나 그 주변에서 달리기하거든."

"아직도 달리기를 한다고? 여유 만만이네."

유토는 히로키의 말을 가볍게 받아넘기고 다른 질문을 했다.

"그럼, 커플이 벤치에서 시시덕거리거나 하지는 않고?"

"뭐야, 그게."

눈썹을 찌푸리며 대답한 히로키는 이내 히죽 웃으면서 말을 이었다.

"여름에는 어떨지 모르겠지만, 지금은 이미 추워서 엿보려고 해도 없을걸?"

"뭐래. 그럴 생각도 없거든?"

유토는 장난스럽게 히로키의 명치를 툭 쳤다. 히로키도 과장된 동작으로 비틀거렸다.

별로 위험하지는 않을지도 모른다. 그래도 역시 중학생 여자애가 혼자 그런 장소에 있다는 게 마음 쓰였다. 어제는 부잣집 아이라는 사실에 반발심을 느낀 유토였지만, 그래서 더 '왜?'라는 생각을 지울 수 없었다.

2

학원에서 돌아와 보니 엄마가 없었다. 열 시가 넘은 시각이었다. 싱크대에서 빈 학원 도시락통을 물에 담그고 있는데, 형 나오토가 방에서 나왔다. 나오토는 유토를 힐끔 보고 아무 말 없이 냉장고를 열었다.

"엄마는?"

유토가 묻자 나오토는 돌아보지 않고 대답했다.

"조금 전에 나갔어. 편의점이라도 갔겠지."

나오토는 냉장고에서 우롱차를 꺼내 컵에 따르더니 바로 방으로 돌아갔다.

최근 형과의 대화가 부쩍 줄었다. 전에는 좀 더 이런저런 말을 하고, 때로는 다투기도 했었다. 유토가 중학교에 입학한 무렵부터 서서히 대화가 줄어들기는 했지만, 그래도 대화하기 어려운 상대는 아니었다. 변한 건 그때부터였다.

나오토는 공부는 물론이고 스포츠나 음악까지 완벽하게 해냈다. 동아리 활동은 중·고등학교 내내 탁구부였는데, 중3 때는 지구대회 8강에 오르기도 했다. 외모도 친척 중 제일 미인이라고 불리는 엄마를 닮아서 유토보다 이목구비가 단정했다. 친척들은 나오토를 보고 부모의 좋은 점만 빼닮았다고 했다. 그에 비해 동생쪽은 나쁘지는 않지만 매사 그냥저냥이라고 했다.

물론 유토에게도 나오토는 자랑스러운 형이었기 때문에 주변 사람들의 차별 대우에 일일이 상처받지는 않았다. 앞서 나가는 형은 특별한 존재이니, 그건 당연한 일이었다.

부모님의 사랑은 어떠했나. 엄마는 나오토가 칭찬받을 때마다 기쁜 표정을 지었다. 엄마에게 나오토는 그 무엇보다 자랑스러운 아들이었다. 그에 대해서도 유토는 특별히 불만을 느끼지 않았다.

그건 한 달 반 정도 전, 2학기가 시작되고 얼마 지나지 않았을 무렵의 일이었다. 저녁 식사를 하던 중 엄마가 마치 당연하다는 듯한 말투로 말했다.

"유토도 나오토랑 같은 고등학교 갈 거지?"

같은 고등학교라는 건 현 내 최상위권인 현립 다이이치 고등학교를 뜻했다. 모의고사 성적은 아슬아슬하게 합격 문턱에 걸린 수준이었지만, 노력하면 넘지 못할 벽은 아니었다. 유토는 형을 힐끔 본 다음 조용히 말했다.

"난 히가시 고등학교에 갈 생각이야. 집에서도 가깝고."

그 순간 찬물이라도 끼얹은 것처럼 분위기가 가라앉았다.

"그래?"

눈살을 찌푸리는 엄마를 본 유토는 살짝 마음의 준비를 했다. 자신의 용기 없는 선택에 대해 분명 한 소리 들을 거라고 생각한 유토는 황급히 안 해도 될 말을 덧붙였다.

"간신히 이치고에 합격한다고 해도 공부 따라가기에 벅찰 것 같아."

짧은 침묵 끝에 엄마가 말했다.

"알았어. 그럼, 그렇게 해."

맥이 빠질 정도로 담백한 어조였다. 더 열심히 하라든가 형을 본받으라고 할 줄 알았다. 오히려 나오토 쪽이 끈질기게 물고 늘어졌다.

"왜 이치고를 안 간다는 거야?"

형이 따지듯이 물었다.

"나는 너처럼 잘난 사람이 아니니까."

유토는 두 살 위인 형을 너라고 부르며 반말했고, 나오토도 그걸 용인하고 있었다. 어릴 때부터 형이라고 부른 적이 없었다.

"노력이 부족한 거야."

노력할 수 있는 것도 재능이라는 말을 해봤자, 잘난 형에게는 통하지 않을 거라는 생각에 유토는 입을 다물었다.

잘나고 똑똑한 형은 유토의 자랑이었을 텐데, 언제부터 이렇게 되었을까. 라이벌 의식이 생긴 건 아니었다. 가진 자와 가지지 못

한 자가 있는 건 당연했고, 세상은 불공평한 곳이었다. 하지만 단 둘뿐인 형제가 모든 것을 겸비한 형과 평범한 동생으로 갈려 버리면, 가지지 못한 자로서는 역시 괴로웠다. 생각해 보면 유치원부터 중학교에 이르기까지 선생님들 사이에서 유토는 언제나 유토이기 전에 '그 유명한 나오토'의 동생이었다.

"육상도 계속하고 싶어."

"육상은 이치고에서도 할 수 있잖아."

"내가 어디 갈지는 내가 정할 거야."

그 말을 끝으로 유토는 형과의 대화를 중단했다.

이후로도 한동안 나오토는 몇 번이고 같은 이야기를 되풀이했다.

"너는 치사해. 할 수 있으면서 안 하려고 하잖아. 비겁한 자식."

종국에는 그런 말까지 내뱉었다. 그리고 형제 사이에 대화가 사라졌다.

여름까지 활동했던 육상부를 그만둔 뒤에도 유토는 달리기를 계속했다. 그런 유토를 보고도 엄마는 나무라지 않았다.

히가시고를 지원하겠다고 말했을 때, 유토는 엄마가 조금 더 낙심할 줄 알았다. 하지만 엄마는 실망 따위 하지 않았다. 그 이유가 무엇인지 지금은 아주 잘 알고 있다. 엄마는 처음부터 유토에게 기대를 걸고 있지 않았던 거다.

이치고에 가라거나 이치고에 합격할 수 있도록 열심히 공부하라고 엄마에게 혼이라도 나고 싶었던 걸까. 유토는 미간을 찌푸리며 고개를 가로저었다.

엄마가 자신에게 아무 기대도 하고 있지 않다는 생각이 들었을 때, 엄마의 사랑과 열의 또한 형이 독점하고 있었다는 것을 깨달았다. 아니, 사실은 훨씬 전부터 알고 있었던 일이었다. 단지, 그때까지 일부러 모른 체하고 있었던 사실을 직면하게 됐을 뿐이었다. 생각해 보면 이 집은 늘 나오토를 중심으로 돌아가고 있었다. 어릴 때부터 모든 일은 나오토가 우선이었다. 휴일에 놀러 갈 장소, 가족이 다 함께 보러 갈 영화, 식탁에 올라오는 좋아하는 음식. 자신은 동생이니 어쩔 수 없다고 생각했지만, 유토가 나오토의 물건을 물려받는 일은 흔해도 그 반대는 없었다. 그래서 유토는 오랫동안 자신의 바람을 형의 바람에 동화시키려고 해 왔다. 형이 좋아하는 아이돌을 좋아하고, 형이 관심 가지는 스포츠에 관심을 가졌다. 그리고 부족하지만 형을 뒤따르는 동생을 연기했다. 그렇게 하면 무엇보다 형을 아군으로 삼을 수 있고, 겉으로나마 상처받지 않을 수 있었기 때문이다.

중학교에 진학했을 때, 동아리 활동으로 육상부를 고른 게 최초의 반역이었다. 초등학생 때는 "나도 탁구부에 들어갈래"라고 말했었는데.

— 유토, 너 뭐야. 내 동생이 들어올 거라고 이미 다 말해 놨는데.

그 무렵에는 아직 그런 말을 듣고 미안한 마음이 들기도 했다.

하지만 사실 자신은 어렸을 때부터 쭉 상처받아 왔다는 것을 인정할 수밖에 없는 지금은 달랐다.

유토가 달리기하러 나가려고 하면, 가끔 엄마가 "공부는 잘하고 있니?"라고 물을 때도 있었다. 하지만 그 말은 몹시 무성의하게 들렸다. 실제로 유토가 "공부는 체력이 기본이잖아"라고 대답하면, 엄마는 더 이상 아무 말도 하지 않았다. 조심하라는 말조차.

현관문 잠금을 푸는 소리가 들리더니 바로 문이 열렸다. 엄마가 돌아온 모양이었다. 엄마는 멍하니 의자에 앉아 있는 유토를 힐끔 보고 희미하게 눈살을 찌푸렸다. 아무리 기대에 못 미치는 아들이라도 느닷없이 그런 표정을 지을 것까지는 없을 텐데. 속으로 투덜거리면서 유토는 조용히 자리에서 일어나 방으로 들어가려고 했다.

"너, 점점 겐이치 씨를 닮아 가는구나."

겐이치는 아빠의 이름인데, 엄마는 예전부터 자식들 앞에서도 여보 같은 호칭으로 아빠를 부른 적이 없었다. 아빠를 닮아 간다고? 그게 눈살을 찌푸린 이유란 말인가. 그러니까 엄마가 변변찮다고 비난하는 아빠와 자신이 닮았다고?

유토는 아무 대답도 하지 않고 자기 방으로 들어갔다.

아빠가 이 집을 나간 지 얼마나 됐을까. 아빠는 지금 여기서 세 정거장쯤 떨어진 곳에 집을 빌려서 지내고 있다. 엄마는 말해 주지 않았지만, 그곳을 수시로 드나드는 여성이 있다는 사실을 유토와 나오토는 알고 있었다.

엄마는 이성적인 사람이라서 언성 높여 자식들을 혼내는 일이 거의 없었다. 아빠가 따로 살고 싶다고 말했을 때도 엄마는 냉담한 말투로 말했었다.

"필요한 생활비나 제대로 보내 줘요."

아빠는 영상 프로덕션에서 일했다. 얼핏 보면 화려한 일 같지만, 대기업의 하청 업체라서 급여는 그다지 높지 않았다. 그 수입의 절반을 보내 주겠다고 약속한 뒤 아빠는 집을 나갔다. 유토는 어린 마음에 부모님의 불화를 이미 느끼고 있었지만, 현실로 다가온 아빠의 부재는 역시나 가정에 그림자를 드리웠다.

엄마는 전부터 일하고 있었지만, 풀타임은 아니고 일주일에 나흘 정도 비상근 공무원으로 시청에서 근무하고 있었다. 아빠가 보내 주는 돈과 합쳐도 생활은 빠듯했다.

원래 정규직 공무원이었던 엄마는 나오토가 태어난 뒤에도 계속 일했지만, 유토가 태어나기 전에 바쁜 업무에 시달리던 아빠의 부탁으로 일을 관뒀다. 그리고 그 일을 줄곧 후회하고 있었다. 이 또한 불화의 요인이었을지도 모른다.

창문에 비친 자기 얼굴을 보고 유토는 못마땅하게 중얼거렸다.

"별로 안 닮았는데."

아빠는 유토가 보기에도 좀 진중하지 못하달까, 믿음직스럽지 못한 면이 있는 사람이었다. 자식을 특별히 예뻐하는 편은 아니었지만 매몰차게 굴지도 않았다. 하지만 그런 아빠도 자식에 대한 사랑의 대부분을 형에게 쏟았던 것 같은 기분이 들었다.

— 너는 나처럼 되지 마. 이치고에서 도쿄대로 가는 거다.

술에 취해 나오토에게 그렇게 말했던 아빠가, 똑같은 말을 유토에게 하는 일은 없을 것이다.

이런저런 생각을 하다 보면, 유토는 자신의 존재 의미가 과연 있는지 모르겠다는 생각이 들 때가 있었다.

이 집에는 자신 따위 없어도 되는 거 아닐까. 아들은 나오토만 있으면 충분한 거 아닐까.

유토는 침대에 풀썩 드러누웠다. 집안 분위기가 이렇게 얼어붙은 건 언제부터였을까. 아빠 탓인가? 부모님의 불화 탓인가? 아니면 한심한 자신 탓인가? 확실한 건 형 나오토의 탓이라고 생각하는 사람은 아무도 없다는 사실이었다.

학원에 가지 않는 날에는 세 모자가 함께 저녁밥을 먹었다. 식사가 끝나면 엄마는 부엌에 남고, 유토와 나오토는 곧장 자기 방에 틀어박혔다. 아빠가 떠난 뒤로는 줄곧 그런 나날이 이어지고 있었다.

2학기 중간고사 마지막 날.

학원에 가지 않는 날이라 세 가족이 식탁에 둘러앉았다. 셋 다 말수가 적었지만, 그중에서 그나마 말을 제일 많이 한 사람은 나오토였다. 유토가 히가시고에 갈 생각이라고 말한 뒤부터 나오토는 엄마에게만 말을 걸었다. 엄마의 일에 관해 묻거나 학교에서 있었던 일을 이야기하는 등 나오토 나름대로 분위기를 신경 쓴 행동일지도 모르겠지만, 대화에서 배제된 유토는 소외감을 느꼈다.

그날도 유토는 식사 후 바로 방에 들어와서 학원 숙제를 했다. 히가시고라면 그리 힘들지는 않겠지만, 눈 감고 풀어도 붙을 정도는 아니었다. 한 시간 정도 공부한 다음 유토는 운동복으로 갈아입고 방에서 나왔다.

"잠깐 달리고 올게."

부엌에 있는 엄마에게 그렇게 말하고 유토는 밖으로 뛰쳐나갔다.

밖으로 나온 순간 쌀쌀한 가을 공기가 뺨에 닿았다. 저도 모르게 몸을 부르르 떤 유토는 계단을 뛰어 내려갔다.

식사 때 기침하는 나오토를 보고 엄마는 "감기 걸린 거 아니니?"라며 걱정했었다. 만일 달리기하며 흘린 땀이 식어서 유토가 감기에 걸린다면, 누군가 자신을 걱정해 주기는 할까.

문득 어렸을 때 일이 생각났다. 초등학교 저학년 무렵이었나? 고열에 시달리는 형을 엄마가 병원에 데려갔을 때, 집에 혼자 남겨진 유토는 배고픔에 울다가 잠들었다.

집이 유복하지는 않아도 먹고살기 어려울 정도는 아니다. 학대받은 적도 없었다. 그런 자신이 불만을 토로하면, 사람들은 배부른 소리라고 할까.

하지만 도무지 자신의 존재 의의를 찾을 수가 없었다. 이 마음은 대체 어떻게 하면 메울 수 있을까.

만일 부모의 애정이라도 동등하게 받고 있다고 생각할 수 있었다면, 마음가짐이 조금은 달랐을까.

밤하늘에 별이 반짝였다. 하지만 여기서 보이는 별은 그렇게 많지 않았다. 대도시만큼은 아니지만, 별을 보기에는 불빛이 너무 많기 때문이다.

반짝이는 별로 가득 찬 밤하늘이라는 걸 한번 보고 싶었다. 셀 수 없을 정도로 많은 별이 수놓아진 압도적인 밤하늘을 바라보면, 사소한 일에 집착하는 게 바보처럼 느껴진다고 누가 어디선가 말했었다. 정말 그럴까. 아니, 그저 하찮은 자신을 깨닫게 될 뿐일지도 모른다.

유토는 사카와 공원을 향해 달렸다. 설마 오늘은 없겠지. 하지만 그 소녀는 지난번과 마찬가지로 꼼짝도 하지 않고 그네에 앉아 있었다. 분명 혼자 돌아다니지 말라고 말했었는데. 그렇지만 더 이상 쓸데없는 참견을 할 생각은 없었다. 확실히 충고했으니 혹시 무슨 위험한 일이 생겨도 자신이 알 바 아니었다. 유토는 공원 옆길을 달려서 빠져나갔다.

하지만 몇 분 정도 달리다가 신경이 쓰인 유토는 다시 공원으로 되돌아갔다. 이미 집에 갔으면 좋겠다고 생각하면서, 유토는 공원 입구에서 그네 쪽을 바라봤다. 소녀는 그곳에 있었다. 유토는 잠시 뒤에 숨어서 상황을 살폈다. 소녀를 본 건 이것으로 세 번째였다. 아래로 내리깐 시선은 대체 어디를 보고 있는 걸까.

소녀가 살짝 얼굴을 들고 하늘을 봤다. 유토는 발소리를 죽이고 한두 걸음 앞으로 나갔다. 쥐 죽은 듯 고요한 밤의 공원은 마치 시간이 멈춘 것 같았다.

한순간 희미하게 공기가 떨린 듯한 느낌이 들었다. 동시에 소녀의 한숨 소리가 들렸다. 물론 그건 유토의 착각일 뿐, 이 거리에서는 들릴 리가 없었다. 소녀가 또 시선을 떨구었다. 보는 사람이 불안해질 만큼 뭐라 말로 표현하기 어려운 표정에, 기분 나쁜 예감이 스쳐 지나갔다.

이대로 내버려 둬도 되는 걸까.

잠시 후 소녀가 천천히 자리에서 일어서더니 느릿하게 걷기 시작했다. 안심한 유토는 일단 몸을 숨겼다가 소녀와 조금 거리를 두고 뒤를 따라 걸었다. 달리면서 흘린 땀이 급속하게 몸을 식혀 갔다. 조금 전까지는 '만일 감기에 걸리면' 같은 생각을 했었는데, 이러다 정말 감기에 걸리게 되면 너무 바보 같겠다고 자조했다. 그래도 역시 내버려 둘 수 없었다. 어쩌면 저 애도 자신처럼 삶의 의미를 찾지 못하고 있는 것일지도 모른다.

조용한 주택가 밤길이었으므로 유토의 발소리가 들리지 않았을 리 없지만, 소녀는 뒤돌아보지 않았다. 유토는 보폭을 좁혀서 되도록 소녀의 걸음에 맞추어서 걸었다. 이렇게 발을 맞추어 걷고 있으니, 혼자만의 생각일지도 모르지만 기묘한 연대감 같은 게 싹텄다. 어두운 밤길에 소녀가 신은 운동화가 유독 새하얗게 도드라져 보이는 것 같았다.

머지않아 소녀가 사카와 힐스 앞에 도착했다. 거기서 소녀가 처음으로 뒤돌아봤다. 갑자기 눈이 마주쳐서 조금 당황한 유토는 그것을 얼버무리듯 퉁명스럽게 말했다.

"내가, 밤에 돌아다니지 말라고 했잖아!"

소녀는 대답하지 않고, 곧장 뒤돌아 건물 안으로 사라졌다.

유토는 하늘을 한 번 올려다보고 달리기 시작했다. 요전번에 소녀는 별이 노래하는 것 같다고 했다. 별이 부르는 노래는 대체 어떤 선율을 하고 있을까.

3

"역시 빠르네."

거친 숨을 내쉬면서 니카와 쇼가 말했다. 체육 수업에서 오래달리기를 한 뒤였다.

"아무래도 육상부였으니까."

유토는 웃으면서 대답했다.

쇼는 축구부였다. 하지만 육상과 마찬가지로 미도리 중학교 축구부는 강한 팀은 아니었다. 나갔다 하면 지는 정도는 아니지만, 지구대회에서 두 번쯤 이기면 그럭저럭 잘했다고 하는 수준이었다.

쇼는 1학년 때 같은 반이었다. 2학년 때는 반이 갈렸지만, 3학년 때 다시 같은 반이 되었다. 지망 고등학교도 같아서 지금 제일 친하게 지내는 친구였다.

그날 방과 후에도 둘은 함께 학교에서 나왔다.

"고등학교 가서도 계속 축구 할 거야?"

쇼는 고민스러운 듯 고개를 기울였다.

"하고 싶은 마음도 있기는 한데, 고등학생이 되어서까지 축구하는 것도 좀…. 히가시고도 우리처럼 한 세 번 이기면 잘했다고 하는 수준이잖아. 너는?"

"할 거야. 이미 그렇게 말해 놨고."

"누구한테?"

"집에."

"그렇군. 그러고 보니 잘난 형님은 이치고였지?"

"알 게 뭐야."

"나는 너도 이치고 노릴 줄 알았어."

"그런 데 가면 공부만 해야 하잖아. 나는 형처럼 똑똑하지도 않고."

"하긴 그것도 그렇다. 너희 형, 전국 모의고사에서 한 자리 등수였던 적도 있다길래, 나 진짜 놀랐잖아. 이치고에서도 우등생이겠지?"

"몰라."

사실은 알고 있었다. 매번 일등을 차지하는 정도는 아니라도 최상위권인 건 분명했다. 형의 성적을 본 엄마의 만족스러운 얼굴이 머리에 떠올랐다.

길모퉁이에 다다르자 쇼가 손을 들고 인사했다.

"나 간다."

"그래, 내일 보자."

쇼와 헤어지고 난 뒤, 문득 사카와 공원에 가볼까 하는 생각이 들었다. 그 어두운 밤의 공원을 낮에 보면 어떻게 보일까.

공원이 가까워지자 하교 중인 학생들이 보였다. 당연한 말이지만, 유토 주위를 걷는 사람은 모두 미도리중이 아닌 사카와중의 학생들이었다.

공원에 도착해 보니, 그곳은 밤과 전혀 다른 모습을 하고 있었다. 미끄럼틀과 그네에서 초등학생들이 놀고 있고, 배드민턴을 치는 아이들은 초등학교 고학년으로 보였다. 입구 근처에는 각각 개를 데리고 온 두 노인이 담소를 나누고 있었다. 낮에 본 공원은 지극히 평범한 모습이었다.

하긴 그렇지 뭐. 유토는 작게 한숨을 내쉬었다. 유토는 가방을 크로스로 멘 다음, 교복 재킷 주머니에 손을 넣은 채 시선을 내리깔고 걸었다. 유토 앞에는 하교 중인 중학생들이 걷고 있었다. 시내에서는 드물게도, 남자도 정장형 교복인 미도리중에 비해, 사카와중의 남자는 차이나칼라 교복이었다. 몇 명씩 무리 지어 느릿느릿 걷는 아이들을 앞지른 유토의 시선 끝에 기시감이 느껴졌다. 앞에서 걷고 있는 세 여자아이는 즐겁게 웃으면서 느긋하게 걸음을 옮기고 있었다. 유토가 주목한 건 그중 한 명의 신발이었다.

흰 운동화다…. 유토는 차례차례 소녀들의 신발을 봤다. 세 명중 두 명은 로퍼를 신고 있었다.

흰 운동화를 신고 통학하는 게 별로 드문 일은 아니었다. 하지만 유토는 그 애라고 직감했다. 신발뿐만 아니라 뒤에서 봤을 때의 머리 모양이나 체격이 많이 닮았다. 앞질러 가서 얼굴을 확인하려고 걸음을 재촉했을 때였다.

"아카네, 가끔은 너도 같이 가자."

로퍼를 신은 키 작은 아이의 말에 유토는 속도를 늦췄다. 이번에는 로퍼를 신은 키 큰 아이가 말했다.

"그래. 그 가게에 귀여운 거 엄청 많단 말이야. 요즘은 핼러윈 상품 같은 것도 많이 있을 거고."

아마도 아카네가 바로 그 애의 이름인 것 같았다.

"미안. 내일은 안 될 것 같아."

"또? 맨날 못 간대."

"나도 너희랑 놀고 싶은데, 중간고사 성적도 안 좋고…."

"진짜?"

"모모코, 속지 마. 아카네가 말하는 안 좋다는 우리의 보통이니까. 그런데 아직 2학년이니까 쉬엄쉬엄해도 되지 않아?"

"우리 집은 부모님 잔소리가 심하거든."

아카네가 변명하듯이 말했다.

"하긴, 너희 어머니 똑똑하시니까."

"그런 거 아니야…."

"깃카학원대학 나오셨잖아. 나 같은 애는 꿈도 못 꾸는 곳인데."

"에이, 아니라니까. 여하튼 다음에 같이 가자. 그럼, 내일 봐!"

때마침 갈림길이었던 모양인지 아카네가 두 사람에게 웃으며 인사했다. 그 순간 아카네의 옆얼굴이 보였다. 틀림없다. 역시 그 애였다.

"안녕."

소녀들은 서로 손을 흔들며 인사했다. 혼자 오른쪽 길로 꺾어진 아카네는 길모퉁이를 돌자마자 순식간에 달음박질쳐서 사라졌다.

그나저나 엄청난 차이였다. 낮에 본 아카네의 얼굴은 밤에 봤을 때와는 전혀 다른 사람 같았다. 밝은 여중생의 모습 그 자체여서 뭔가 속은 기분이었다.

부모님 잔소리가 심하다고 했다. 그렇다면 요전번 밤에 어두운 표정으로 있었던 것도 성적이 나빠서 부모님께 혼났을 뿐일지도 모른다. 그러니 신경 쓸 필요는 없을 터였다. 딱히 신경 쓰고 있었던 건 아니지만….

유토는 또 밤거리를 달리고 있었다. 낮에 본 아카네의 미소를 떠올리자 어쩐지 마음이 술렁거렸다. 즐거워 보였으니 됐다고 생각하는데도 마치 자신이 그 점에 실망한 것만 같아서… 유토는 그런 자신이 불쾌하게 느껴지기도 했다. 그래서 유토는 더 이상 사카와 공원에 가지 않기로 했다. 만일 공원에 가면, 그 애가 있든 없든 낙심해 버릴 것 같은 기분이었다.

하지만 막상 달리기 시작하자 역시 신경 쓰였다. 아무리 생각해도 이상했다. 부모님께 혼난 거였다면 어째서 세 번이나 눈에 띄었던 걸까. 결국, 유토는 또다시 사카와 공원으로 향하게 되었다.

있을까? 아니면, 이제는 없으려나…?

흰 가로등 불빛에 비친 그네. 그곳에 소녀가 있었다.

사람이 접근하는 걸 분명히 알 수 있게끔 유토는 일부러 바닥을 끌듯이 걸었다. 흰 운동화. 낮에 본 것과 똑같았다. 친구들은 이 애를 아카네라고 불렀다. 사카와 중학교 2학년생.

"뭐 하고 있어?"

아카네가 고개를 들었다. 그 얼굴을 본 유토는 멈칫했다. 괴로워 보이는 그 얼굴은, 성적 부진 따위로 고민하는 얼굴과는 성질이 다르다고 느꼈다. 하지만 그렇다면 유토가 낮에 본 그 즐거운 얼굴은 대체 뭐란 말인가.

아카네는 아무 말도 하지 않았다.

"내가 위험하다고 했잖아. 뭐, 나도 수상하게 보인다면 어쩔 수 없지만. 전에도 말했지만, 나는 미도리중 3학년 가시와기 유토야. 너는?"

"상관없잖아."

"뭐, 억지로 말할 필요는 없어."

짧은 침묵 끝에 아카네가 입을 열었다.

"…도미자와 아카네."

"왜 이런 밤에 혼자 나와 있어?"

"…."

"귀찮게 이것저것 캐물으려는 건 아니야."

"좀, 쉬려고."

아카네가 희미하게 웃었다. 밤에 웃는 얼굴은 처음 봤다. 하지만 그 미소는 보는 사람이 괴로워질 정도로 몹시 메마른 웃음이었다.

"집에 가자. 데려다줄게."

대답은 없었지만 아카네는 순순히 일어섰다. 그리고 두 사람은 아무 말 없이 걸었다. 사카와 힐스 건물이 보이기 시작했을 때 유토가 말했다.

"상관하지 말라고 하거나, 쓸데없는 참견이라고 할 줄 알았어."

아카네는 상반신을 돌려 정면에서 유토를 바라봤다. 그 눈빛에 유토는 또다시 멈칫할 뻔했다.

이윽고 아카네의 시선은 천천히 하늘로 향했다. 그에 이끌리듯 유토도 하늘을 쳐다봤다. 늦가을 밤하늘에 별이 반짝이고 있었다.

아카네는 꾸벅 고개를 숙인 뒤 건물 안으로 사라졌다.

왜 한숨을 쉬었을까. 공부 때문에? 형처럼 좋은 고등학교에 가고 싶은 걸까? 이리저리 생각하던 유토는 머리를 설레설레 흔들었다. 사카와 힐스 같은 곳에 사는 아이의 사정 따위, 자신과는 관계없었다. 그렇게 생각하면서도 다음 달리기 때도 자신은 사카와 공원에 가지 않고는 못 배기게 될 것 같았다. 대체 왜일까. 유토는 자신의 마음을 알 수 없었다.

4

평소보다 이십 분 정도 일찍 집을 나온 유토는 사카와 공원을 향해 달렸다. 공원 안에 들어가서 주위를 둘러봤지만, 아무런 인기척도 나지 않았다. 유토는 텅 빈 그네로 걸어가서 늘 아카네가 앉는 자리에 앉았다. 한 손으로 체인을 붙잡고 조금 뒤로 물러섰다가 지면을 박차자, 삐걱거리는 소리를 내며 그네가 앞뒤로 흔들렸다. 유토는 그네의 움직임에 몸을 맡겼다. 그동안 잊고 있었던 감각이 되살아났다. 자신은 언제부터 그네를 안 타게 됐을까.

사카와 공원에는 예전에 두세 번쯤 형 나오토와 함께 왔었다. 초등학교 저학년 무렵의 일이었다. 그때는 아직 부모님 사이도 나쁘지 않았다. 그때는 자신도 순순히 형을 따랐었다. 그때는 엄마의 사랑이 평등하다고 생각했었다.

아카네는 나타나지 않았다. 오늘은 안 오는 걸까. 아니면, 이제 밤에 나다니는 건 그만둔 걸까.

그건 그렇고, 상대에 관해 아무것도 모르면서 왜 이렇게 신경 쓰이는지 모르겠다. 아카네가 풍기는 고독감이나 적막감 같은 것도 유토가 제멋대로 느끼고 있을 뿐일지도 모르는데. 이러니저러니 해도 아카네는 사카와 힐스에 사는 아이다. 유토는 자조적으로 웃었다. 자신은 대체 뭘 하는 걸까.

유토는 조금 더 힘차게 지면을 박찼다. 삐걱거리는 소리가 커졌다. 그 소리에 섞여 희미한 발소리가 들렸다. 운동복 위에 플리스 점퍼를 걸치고, 손은 주머니에 넣었다. 시선은 바닥을 향해 있고, 발걸음은 무거워 보였다.

유토는 그네를 멈췄다. 사박사박 소리를 내며 공원으로 걸어 들어오는 아카네를 유토는 물끄러미 응시했다. 아카네가 걷는 모습을 앞에서 본 건 처음이었다.

뭐라고 말을 걸까 망설어졌다. 인사를 안 하자니 너무 남 같고 데면데면한 것 같았다. 남인 건 맞지만. '안녕'이나 '또 보네' 같은 말도 너무 친한 척하는 느낌이라 입을 다물고 있으니, 뜻밖에도 아카네가 먼저 입을 열었다.

"자리 뺏겼네."

"아, 미안. 비켜 줄까?"

"괜찮아."

아카네가 작게 고개를 저었다. 유토의 입가에 살짝 웃음이 스며 나왔다. 그런데 뭔가 평소와 다른 느낌이 들었다. 유토는 의아한 얼굴로 아카네를 바라봤다. 밤에 만나는 아카네는 어딘가 고민하는 기색이 짙은 얼굴을 하고 있는데, 기분 탓인지 오늘은 좀 풀어져서 긴장감이 다소 옅어진 느낌이었다. 풍기는 분위기는 변함없이 무거웠지만….

"무슨 일 있었어?"

"… 왜?"

"아니, 뭔가 피곤해 보이는 얼굴이라서. 혹시 어디 몸이라도…."

"속 편하게 감기 같은 거 걸릴 때가 아니야."

그렇게 말한 아카네는 고개를 돌리고 손으로 입을 가렸다. 지금, 하품한 건가?

"수면 부족?"

"약간."

아카네는 또 비어져 나오는 하품을 참으려는 듯 입술을 깨물고 있었다. 조금 간격을 두고 유토는 다시 입을 열었다.

"사카와중에 다닌다고 했었지? 몇 학년이야?"

2학년인 건 알고 있지만, 일부러 질문했다.

"2학년."

"나보다 한 학년 아래네. 동아리 활동 같은 것도 해?"

아카네는 고개를 저었다.

"한 번도 한 적 없어?"

"테니스 했었어. 1학년 도중까지."

"그만뒀구나."

꼬치꼬치 물어봐서 싫어하려나 싶었는데, 아카네는 그런 기색
은 보이지 않고 옆 그네에 앉았다.

"혹시, 나 귀찮아?"

"…"

"이상한 놈이라고 생각한다든가."

이 질문에는 고개를 저었다. 그렇다면 자신을 싫어하지는 않는
다고 생각해도 될 것 같았다.

"스토커는 아니니까 걱정하지 마."

이번에는 고개를 끄덕였다. 아카네의 입을 열게 만들기가 어려
웠다. 그리고 너무 끈질기게 굴면 더 방어적인 태도를 보일 수도
있겠다는 생각도 들었다.

"나 수험생이야."

"어느 학교 갈 건데?"

처음으로 아카네가 질문했다. 그게 좀 기뻤다.

"히가시고. 너도 내년에 수험생인데, 어디 갈지 이미 정했어?"

"…그런 앞일은 생각할 여유가 없어."

"앞일이라니, 일 년 가는 거 금방이야."

"하루는 길어."

"어?"

아카네는 그네에서 일어섰다.

"집에 가야겠어."

두 사람은 그대로 함께 걸었다.

"학교는 어때?"

"어떠냐니?"

"재밌어?"

"…평범해."

그렇다면 친구들과 있었을 때 본 웃는 얼굴이 거짓은 아니라고 생각해도 되는 걸까.

머지않아 사카와 힐스 앞에 도착했다.

"집은 어디야?"

아카네가 물었다.

"미도리초 쪽이야. 나, 화요일이랑 금요일에는 학원 가."

그러니 공원에 올 수 없다는 뜻이었나.

"그래."

무엇에 대한 대답이었는지는 모르겠지만, 아카네는 잠시 유토를 정면에서 보고 살짝 고개를 숙인 다음 잰걸음으로 건물 안으로 사라졌다.

며칠 후, 아카네와 만났을 때였다.

"우리 좀 걸을래?"

밤에 이 공원을 찾아오는 사람이 거의 없다는 건 알고 있지만, 혹시라도 둘이 같이 있는 모습을 누가 보기라도 하면 귀찮아질 것 같았다. 가만히 앉아 있는 것보다는 걷고 있는 편이 자연스러울 터였다.

아카네는 묵묵히 유토의 말에 따랐다. 여전히 말수는 적지만, 조금은 마음을 열어 준 걸지도 모른다.

공원에서 아카네의 집까지는 채 오 분도 걸리지 않았다. 그래서 반대 방향으로 두 블록 정도 가서 한 바퀴 빙 돌았다. 함께 걷는 동안 두 사람은 간간이 대화를 나눴다.

"형제 있어?"

"…여동생 하나."

"나는 형이 한 명 있는데, 나랑은 다르게 똑똑해서 지금 이치고에 다니고 있어. 너희 여동생은 몇 살이야? 우리 집은 두 살 차이인데."

"초등학교 2학년."

"나이 차가 꽤 있네."

"유치원 때는 외동이었어."

"아, 그랬겠다. 그렇게 나이 차가 많이 나면, 싸움 같은 건 안 하지?"

아카네는 순간 미간을 찌푸리며 입술을 비쭉였다. 하지만 이내 표정을 지우고 다른 이야기를 꺼냈다.

"은하수 보고 싶다."

"여기서는 절대 무리야. 어디 산꼭대기나 외딴섬이라도 가야 볼 수 있을걸?"

"역시 그렇겠지."

그렇게 중얼거린 아카네는 무거운 한숨을 내쉬었다.

두 사람은 십 분 정도 함께 걸었다. 아카네가 건물 안으로 사라지는 것을 지켜본 후에 유토는 다시 달리기 시작했다.

왜 이런 행동을 하는지 스스로도 잘 이해되지 않았다. 혼자 내버려 둘 수 없었으니까? 그런 대단한 이유가 아니었다.

다만, 이상하게도 지금 아카네와 헤어지고 혼자 달리는 유토의 발걸음은 평소보다 가벼웠다.

점심시간에 유토가 영어 숙제를 하고 있는데, 앞자리에 앉은 나카이 데쓰야가 말을 걸어왔다.

"네가 웬일이냐? 이 시간에 숙제라니."

"어제 달리기 좀 하고 그냥 잤거든."

"진짜? 너무 여유 부리는 거 아냐?"

데쓰야는 2학기에 가까운 자리에 앉게 된 이후로 자주 대화하게 되었다.

"네가 할 소리는 아니지. 너, 어제도 사이좋게 집에 같이 가더라?"

언제 옆에 온 건지 쇼가 웃으면서 말했다. 테니스부였던 데쓰야는 한 학년 아래인 테니스부 후배와 사귀고 있었다. 딱 봐도 스포츠를 잘하게 생긴 까무잡잡한 피부의 여자애였다.

"어쩔 수 없잖아. 걔는 툭하면 토라지니까 비위를 잘 맞춰 줘야 한다고. 귀찮아 죽겠다니까."

말과는 달리 데쓰야는 히죽거리는 표정이었다.

데쓰야의 부모님은 맞벌이인데, 아버지는 유명한 기업에 다니시고 어머니는 학교 선생님이셨다. 경제적으로도 여유 있는 집에서 자라서 그런지, 데쓰야는 꼬인 데가 없었다. 여자친구가 있다는 사실을 은근히 자랑하는 것처럼 느껴질 때도 있었지만, 굳이 따지자면 그냥 해맑아서 그럴 뿐 악의는 없었다. 그런 부분이 이따금 유토의 신경을 건드리기는 했지만 말이다. 데쓰야에게는 네 살 어린 남동생이 있다. 가끔 말하는 걸 들어보면 형제간에 우애가 좋은 듯해서 정말로 세상에는 다양한 가정이 있다는 생각이 들곤 했다.

"진짜 부지런하다니까. 수험생 신분으로 여자랑 사귀다니, 난 상상도 못 하겠는데. 진짜 존경스러워."

유토의 말은 진심이었지만, 만사태평해 보이는 데쓰야에 대한 빈정거림도 섞여 있었다. 하지만 곧바로 쇼가 혀를 차며 말했다.

"야, 그런 말 하지 마. 부러워하는 거 같잖아."

쇼도 유토와 마찬가지로 여태껏 여자와 사귄 적이 없었다. 그런데 아무래도 쇼는 진심으로 데쓰야가 부러운 모양이었다. 그 점이 자신과는 다르다고 유토는 생각했다.

확실히 데쓰야는 부지런했다. 여름방학 때도 몇 번인가 같이 놀러 나간 듯했고, 수시로 메신저로 여자친구와 대화했다. 하지만 유토는 데쓰야뿐만 아니라, 사귀는 사람이 있는 반 친구 그 누구도 부럽다고 생각한 적이 없었다. 솔직히 말해서, 이리저리 상대방을 신경 쓰면서 행동하는 게 귀찮게만 느껴졌다.

"귀찮아."

'여자들은'이라는 말은 굳이 입 밖에 꺼내지 않았다.

"유토, 너는 진짜 쿨하다. 인기가 없는 것도 아닌데."

인기가 없지 않다는 것과 인기 있는 건 달랐다. 형은 충분히 인기 있다고 말할 수 있다.

유토도 초등학생 때는 밸런타인데이 때 받는 초콜릿에 순순히 기뻐했었다. 비록 그 수가 형보다 훨씬 적었어도 말이다. 좋아한다는 말을 듣고 들떴던 적도 있었다.

여자와 얽히고 싶지 않다고 생각하게 된 건 중학교에 입학하고 나서부터였다. 친한 척하면서 접근해 온 여자애가 마치 비밀 고백이라도 하듯이 작은 목소리로 속삭였다.

─ 너희 형, 어느 고등학교 간대?
─ 나오토 오빠한테 사귀는 사람 있어?

본인에게 물어보라고 퉁명스럽게 대답하면 실망한 표정을 보였다. '직접 못 물어보니까 너한테 묻는 거잖아'라는 말을 삼킨 듯한 얼굴을 일부러 모른 척했다.

그런 일이 있은 뒤부터 유토는 여자들과 말하는 일이 부쩍 줄었다. 쿨하다고 하면 듣기에는 좋지만, 지금은 아마 퉁명스러운 사람으로 여겨지고 있을 것이다.

"너는 진짜 괜찮다고 생각하는 애 없어?"

그때 문득 아카네의 얼굴이 떠올랐지만, 곧바로 고개를 저었다. 그 애는 그런 것과는 달랐다.

"그게 수험생한테 할 질문이냐?"

유토가 어이없다는 듯 웃었다.

"나는 고등학교에 가면 꼭 여자친구 만들 거야."

그렇게 선언한 쇼는 입술을 깨물고 스스로 다짐하듯이 두세 번 고개를 끄덕였다. 그런 쇼의 모습에 유토는 저도 모르게 미소가 스며 나왔다. 솔직하고 명랑하고 착한 녀석이다. 딱 한 번 쇼의 집에 놀러 간 적이 있는데, 어머니도 좋은 분 같았다. 아마 쇼에게 집안 걱정 따위는 없을 테지.

고등학교. 과연 그곳에 기대할 만한 게 있기는 할까.

유토는 사카와 공원의 그네가 아닌 미끄럼틀 위에 서서 아카네를 기다리고 있었다. 이렇게 누군가를 기다리고 있을 때는 시간이 느리게 가는 듯한 기분이 들었다.

유토는 재차 시계를 봤다. 지난번에 아카네가 온 시각은 아홉 시 오 분 전이었다. 지금이 딱 그 시각이었다. 아카네는 나타나지 않았다. 딱히 만날 약속을 한 건 아니었다. 조금만 더 기다려 보고, 아카네가 오지 않으면 달려서 집으로 돌아가면 되는 일이라고 생각하면서, 유토는 또다시 시계를 쳐다봤다. 역시 자신은 아카네가 오기를 기대하고 있는 걸까. 만나고 싶다고 생각하는 걸까. 그렇다면 대체 왜일까.

낮에 친구들과 나눈 대화가 기억났다. 괜찮다고 생각하는 여자애⋯. 아니다. 역시 그런 건 아니라고 생각한다. 자신은 아카네에 관해 아무것도 몰랐다. 어떤 애인지, 취미는 뭔지, 특별히 알고 싶지도 않았다. 그런데도 기다리고 있었다. 아카네에게는 속절없이 유토의 마음을 끌어당기는 무언가가 있었다.

희미한 발소리가 귓가에 들렸다. 왔다. 심장이 쿵쾅쿵쾅 뛰었다.

사박사박 모래 섞인 땅을 밟는 소리가 들렸다. 미끄럼틀 위에서 내려다보는 공원은 평소와 다른 장소처럼 보이기도 했다.

아카네는 고개를 숙이고 그네로 다가왔다. 눈에 보이지 않는 무거운 뭔가가 위에서 짓누르고 있기라도 한 것처럼 어깨를 축 늘어뜨리고 있었다. 그네 앞에 선 아카네가 작게 숨을 내뱉었다. 아카네는 무언가를 찾는 듯 잠시 주위를 둘러봤다. 유토를 찾는 걸까. 하지만 아카네의 시야에는 조금 떨어진 높은 장소에 있는 유토가 비치지 않았다.

유토는 미끄럼틀 위에서 뛰어내렸다. 풀썩 하는 소리에 아카네가 깜짝 놀란 듯 반걸음 뒤로 물러났다.

"미안. 놀라게 할 생각은 없었어."

"…아무도 없는 줄 알았어."

"미끄럼틀 위에 올라가 보지 않을래?"

거절할 줄 알았는데, 아카네는 순순히 다가와서 계단을 올랐다.

"뭔가 좀 다르게 보이지 않아?"

유토는 아카네를 올려다보며 말했다.

아카네가 살짝 미소 지으며 말했다.

"1미터 50센티미터만큼 별이 가까워진 것 같아."

어린 시절 올려다봤던 미끄럼틀의 높이는 고작 1.5미터였다. 유토의 눈앞에 아카네의 흰 운동화가 보였다.

"별 좋아해?"

유토가 물었다.

"좋아해."

그렇게 대답하면서 아카네는 손잡이를 넘었다.

"뛰어내리려고?"

"응."

"괜찮겠어?"

"괜찮아."

아카네의 몸이 공중으로 뛰어올랐다. 그 순간 아카네가 손을 펼치고 하늘로 날아오른 것처럼 보였다. 물론 그건 유토의 착각일 뿐, 아카네는 틀림없이 만유인력의 법칙에 따라 확실한 중량감을 가지고 지면에 착지했다. 조금 비틀거리며 한 발을 앞으로 내디딘 아카네의 팔을 유토가 황급히 붙잡았다.

가까이서 시선이 마주쳤다. 아카네의 살짝 상기된 미소를 본 유토는 어쩐지 그게 아카네의 진짜 웃음이라는 생각이 들었다. 그 순간 가슴이 욱신거렸다. 아직 샤워하기 전인지 아카네에게서 땀 냄새가 조금 났다.

살며시 시선을 돌린 유토는 아카네의 팔을 놓아 주며 물었다.

"걸을까?"

쳐다보지 않아도 아카네가 고개를 끄덕인 듯한 느낌이 들어서 유토는 걷기 시작했다.

"달은?"

좋아하냐는 말은 생략했지만, 아카네에게는 의미가 제대로 전달된 모양이었다.

"달이 밝으면 별이 안 보여."

"그건 그렇지."

"하지만 지평선에 가까울 때 흐릿하게 보이는 달은 좋아해. 보름달 말고."

"이 시기에는 보름달이 꽤 높이 떠 있지."

아카네가 옆에서 끄덕였다. 그것을 마지막으로 대화가 끊겼다. 유토는 아카네가 좋아한다는 달을 상상하면서 화젯거리를 찾기 위해 질문했다.

"생일은 언제야?"

"6월 10일."

"아, 그러면 지금 나랑 나이는 같겠다. 나 빠른년생이거든."

"몇 월인데?"

"3월 3일."

아카네가 작게 웃음을 터뜨렸다.

"하필이면 히나마쓰리(여자아이의 건강과 행복을 기원하며 매년 3월 3일에 치르는 일본의 전통축제 - 옮긴이)야. 너는 시간의 기념일(일본에서 시계를 통해 시간을 알리기 시작한 일을 기념하는 날 - 옮긴이) 맞지?"

"어떻게 알았어?"

"상식이잖아?"

"아무도 모르던데."

두 사람은 나란히 서서 천천히 걸었다. 아카네는 이따금 하늘을 올려다봤다. 그때마다 유토도 이끌리듯이 하늘을 봤다.

"무슨 힘든 일이라도 있어?"

"…왜?"

왜 그런 걸 묻느냐는 의미겠지.

"처음 봤을 때 그런 느낌이 들었거든."

그 후에도 같은 느낌을 받았지만, 그 말은 하지 않았다.

"뭐, 이것저것. 그쪽은?"

"수험생이잖아. 이것저것 다 힘들지 뭐."

"그렇구나."

"너도 금방이야."

"고등학교 시험… 어떻게 되려나."

"친구는 있어?"

"…있어."

"친구들과는 무슨 이야기 해?"

그렇게 물으면서 유토는 언젠가 봤던 하교 장면을 떠올렸다. 친구들이 아카네에게 놀러 가자고 권유하고 있었다. 아카네는 왜 그 제안을 거절했을까. 그때는 중간고사 성적이 나빴다고 말했었지만….

"공부나 연애 같은 거."

"내 친구도 고등학교에 가면 여자친구 만들 거라고 난리야."

"좋겠다. 재미있겠네."

조금 공기가 차가워졌다. 마치 자신과는 관계없다는 듯 아카네의 말투는 냉담했다.

이런저런 이야기를 나누다 보니 어느새 사카와 힐스 앞이었다.

"다 왔네."

아카네가 짧게 숨을 내쉬었다.

"그럼 또 보자."

유토가 가볍게 손을 들어 인사하니 아카네는 고개를 끄덕이고 입구 안으로 들어갔다. 잠금을 해제하고 자동문이 열리자, 아카네는 뒤돌아보고 작게 손을 흔들었다. 그리고 이내 아카네의 모습은 보이지 않게 되었다.

벽도 천장도 하얗다. 무미건조한 상자 안이다. 지극히 청결해 보이는 공간이지만, 결코 편하지는 않았다. 오히려 유무형의 압력이 느껴지는 장소였다. 유토는 연필을 쥔 손을 잠시 멈추고 천장을 쳐다봤다. 일렬로 늘어선 형광등, 흰 불빛, 학생들의 얼굴도 새하얗다.

학교와는 다르게 학원은 칠판이 아닌 화이트보드를 사용했다. 색색의 보드마카를 이용해 필기하면서 명료한 발음으로 설명하는 영어 선생님의 말이 전혀 귀에 들어오지 않았다. 학원에는 밖으로 난 창문도 없어서 시계를 보지 않으면 시간도 알 수 없었다. 유토는 힐끗 시계를 봤다. 오후 여덟 시. 지금쯤 아카네는 뭘 하고 있을까. 유토가 갈 수 없는 날도 역시 그 공원에 가고 있을까.

"너, 오늘 계속 딴생각하더라?"

쉬는 시간이 되자 그렇게 묻는 히로키의 말에 유토는 대충 둘러댔다.

"아, 응. 그냥 이래저래 귀찮다는 생각이 들어서."

"앞으로 몇 달만 참으면 돼."

"뭐, 그렇지…. 저기, 너 여동생 있다고 했었지?"

전에 듣기로는 분명 연년생이라고 했었다. 그렇다면 사카와중에 다니면서 아카네와 같은 학년이라는 소리니까, 아카네를 알고 있을지도 모른다.

"응. 걔가 나보다 똑똑한데, 이치고 갈 거라고 하더라. 10월부터 학원도 다니고 있어."

"여기?"

"응. 2학년 특별진급반."

"오늘은?"

"왔을걸?"

"사카와중에 다니는 애에 대해서 좀 묻고 싶은 게 있는데…."

"그럼 메신저로 말해 둘게. 먼저 가지 말라고."

그날 수업을 마치고 유토는 히로키와 함께 건물 밖으로 나왔다. 그곳엔 안경을 쓴 소녀가 기다리고 있었다.

"내 여동생 미사토야."

히로키가 턱짓으로 가리키며 말하자 미사토가 꾸벅하고 고개를 숙였다. 야무진 표정에 착실해 보이는 아이였다.

"아, 나는 미도리중의 가시와기 유토야."

"알고 있어요. 가시와기 나오토 오빠의 동생이잖아요."

다른 학교, 그것도 세 살이나 어린 학생이 나오토를 알고 있었다. 지긋지긋했다.

"너희 형 진짜 유명하구나."

"전국 모의고사에서 한 자리 등수니까."

미사토의 시선이 동경 어린 눈빛으로 바뀌었다.

"형에 관한 건 됐어. 저기, 혹시 도미자와라는 애 알아?"

"도미자와? 도미자와 아카네요?"

"응. 그런 이름이었던 것 같아."

유토는 일부러 그렇게 잘 아는 사이는 아니라는 듯 대답했다.

"도미자와랑 아는 사이예요?"

"아는 사람의 아는 사람… 인데, 어떤 앤지 궁금해서."

"글쎄요…. 옆 반인데, 체육 수업만 같이하지 이야기를 나눈 적은 없어서 잘 몰라요. 올봄에 2학년으로 올라갔을 때 전학 왔어요."

"전학생이구나. 다른 지역에서 이사 온 거래?"

"이사 온 건 사카와 힐스가 생겼을 때일 테니까, 사 년쯤 전일 거예요. 도쿄에 있는 깃카학원에 다녔다고 들었어요."

"거기 부잣집 애들이 다니는 여학교 맞지?"

히로키가 끼어들었다. 유토도 무심코 고개를 끄덕이자 미사토가 정정했다.

"지금은 남녀공학이야."

원래는 여학교였는데 몇 년 전에 남녀공학으로 바뀌었다고 했다. 유치원부터 대학교까지 에스컬레이터식으로 진학할 수 있는 학교인데, 학력 수준도 그런대로 괜찮은 곳인 모양이다.

"거기서 전학 왔다고?"

미사토는 작게 고개를 끄덕였다.

"깃카학원은 분위기가 좋은 학교로 유명하니까, 무슨 일이 있어서 전학 온 거 아니냐며 소문이 좀 나기도 했어요."

"의외로 그런 데 따돌림이 더 음습하기도 하지."

히로키가 장난스럽게 말하자 미사토가 희미하게 눈살을 찌푸렸다.

"그런 건 아닌 것 같았어. 비교적 빨리 반 친구들과도 친해진 것처럼 보였고. 그런데 얼마 전에 지각한 걸 봤어요."

지각이라는 말에 얼마 전 아카네가 수면 부족이라고 했던 게 떠올랐다. 뭔가 밤에 자지 못할 만한 일이라도 있는 걸까.

"가시와기, 네가 아는 사람이 그 애한테 관심 있는 거지?"

히로키는 유토가 친구를 위해 아카네의 정보를 얻으려고 하는 걸로 착각한 모양이었다. 그래서 유토는 굳이 부정하지 않고 웃으며 대답했다.

"뭐, 그렇지."

유토의 대답에 히로키가 여동생에게 물었다.

"그 애 귀여워?"

"에휴, 그런 데만 관심 있지. 오빠, 제대로 공부하고 있는 거 맞아?"

미사토는 잔뜩 눈살을 찌푸리며 말했다.

그나저나 깃카학원에서 전학 왔다니, 역시 학교에서 뭔가 안 좋은 일이 있었던 걸까. 밤에 자지 못할 만한 일이….

5

사회 수업 시간에 한숨을 내쉬었다고 선생님께 꾸중을 들었다.

"가시와기, 내 수업이 지루해?"

"죄송합니다."

솔직하게 사죄했다. 아니, 솔직한 척하면서 사죄했다고 하는 편이 맞을 것이다. 이 선생님은 탁구부 고문이라서 형을 잘 알고 있었는데, 유토가 막 입학했을 무렵, 형의 이름을 언급하며 마치 품평하듯이 유토를 봤었다. 그런 선생님이 한둘이 아니었던 탓에 교사라는 인종에 대한 유토의 불신감은 커져만 갔다.

시선만 교과서에 떨군 채 유토는 다시 딴생각을 했다. 조금 전한숨을 쉰 건 아카네를 생각했기 때문이었다.

유토가 밤에 달리기를 하는 건 일주일에 세 번이었다. 그날은 십오 분 정도 아카네와 함께 걸었다. 간간이 대화는 나누게 되었지만, 아직도 상대방이 어떤 사람인지 잘 모르는 상태였다. 이런 관계를 뭐라고 표현하면 좋을까.

아카네는 그 산책을 가리켜 기분 전환이자 휴식이라고 했다. 중학생이고 부모님이 엄하시다면, 그건 당연히 공부로부터의 휴식이라고 이해해야겠지만, 유토는 그게 아니라고 생각하고 있었다. 아카네는 훨씬 더 무거운 무언가를 짊어지고 있었다.

언제까지 이러고 있을 수 없다는 사실을 머리로는 알고 있었다. 자신이 생각하기에도 이제 슬슬 달리기를 그만둘 때였다. 이러다 감기라도 걸려서 입시에 실패하면 그야말로 웃음거리였다. 집의 경제 상황을 고려하면, 자신에게 사립학교라는 선택지 따위는 없을 테니까.

그런데도 아마 유토는 또 사카와 공원으로 달려갈 것이다.

최근 들어 문득 정신을 차리고 보면 아카네를 생각하고 있을 때가 종종 있었다. 그 애에게 마음이 끌리고 있는 걸까. 유토는 그렇다고도 그렇지 않다고도 단언하지 못했다.

건물 밖으로 나온 순간 강한 바람이 불어서, 유토는 저도 모르게 얼굴을 찡그렸다. 바싹 마른 낙엽이 아스팔트 도로 위를 춤췄다.

위를 올려다보니 하늘은 맑게 개어 있었지만, 찬바람이 매서웠다. 며칠 전, 도쿄에 올해 첫 겨울바람이 불었다고 뉴스에서 말했으니, 오늘은 두 번째 겨울바람인 걸까. 유토는 이과 수업 때 배운 첫 겨울바람의 정의를 떠올렸다. 서고동저형 겨울철 기압배치에 북쪽에서 부는 바람이고, 풍속 몇 미터 이상이었더라…. 유토는 고개를 갸웃거렸다. 분명 얼마 전에 이과 문제집에서 봤었는데.

아직 밝기는 했지만, 해는 조금 전 지평선 아래로 숨어 들어갔다. 하늘의 푸른빛이 짙은 보라색으로 바뀌는 모습을 보며 유토는 가볍게 조깅하듯이 걷기 시작했다. 목적지는 집 근처 대형마트였다. 거기서 신발을 살 생각이었다.

2층에 있는 신발 매장에서 흰색 아디다스 운동화에 시선이 갔다. 아카네가 신었던 운동화와 비슷한 신발이었다. 갖고 싶었지만 예산 초과였다. 유토는 자신의 용돈을 보태서 살까 이리저리 가진 돈을 계산해 봤지만, 결국 낭비할 수는 없다고 마음을 고쳐먹고 저렴한 회색 운동화를 샀다.

신발이 든 비닐봉지를 들고 내려가는 에스컬레이터에 탔을 때였다.

"어!"

저도 모르게 말이 튀어나왔다. 지하 식품매장으로 내려가는 소녀의 검붉은색 운동복이 낯익었다. 흰색 재킷은 본 적이 없지만, 틀림없이 아카네였다. 왜 이런 곳에 있는 걸까. 아카네의 집에서 더 가까운 대형마트가 분명 있을 텐데.

그뿐만이 아니다. 아카네는 혼자가 아니었다.

아카네는 어린 여자아이의 손을 잡고 있었다. 양 갈래 머리를 하고 초등학교 저학년 정도로 보이는 저 아이는 분명 여동생일 터였다.

유토는 저도 모르게 뒤따라갔다.

대형마트의 식품매장은 거의 올 일이 없었다. 매장에는 압도적으로 여자들이 많아서 유토는 조금 주눅이 들었지만, 주위를 둘러보고 채소 코너에 있는 아카네를 발견했다. 유토는 조금 떨어진 곳에서 아카네의 모습을 살폈다. 여동생의 손을 붙잡고 차례차례 식재료를 바구니에 넣는 모습이 보였다. 양파, 당근, 감자…. 망설임 없는 아카네의 손놀림에 유토는 놀랐다. 아카네는 지체 없이 고기 코너로 이동했다. 팩에 든 고기를 잽싸게 들어 바구니에 넣고, 그 외에도 몇 가지 상품을 고른 뒤 아카네는 계산대로 향했다. 유토는 1층 입구로 돌아가서 아카네를 기다리기로 했다. 밖은 벌써 짙은 어둠이 드리워 있었다.

얼마 지나지 않아 아카네가 나왔다. 한 손으로 무거워 보이는 비닐봉지를 들고, 다른 한 손엔 여동생으로 보이는 소녀의 손을 붙잡고 있었다.

"들어줄까?"

유토가 말을 걸자 아카네는 깜짝 놀란 듯 반걸음 물러났다.

"가시와기 오빠…."

"뭐 사러 왔어? 딱 봐도 그렇긴 하지만."

아카네는 어쩐지 뺨을 살짝 붉히더니, 똑바로 유토를 올려다보고 똑같은 질문을 했다.

"…뭐 사러 왔어?"

"신발. 전에 신던 게 찢어졌거든. 사실은 네 신발처럼 아디다스 같은 걸 사고 싶었는데, 예산 초과였어. 우리 집 가난하거든. 이리 줘. 무거워 보이는데."

"괜찮아."

아카네는 시선을 돌렸다. 아카네에게 손이 붙잡힌 어린 소녀는 누구인지 궁금하다는 듯 유토를 응시하더니, 이내 부끄러워하며 아카네에게 딱 달라붙어 고개를 숙였다. 눈이나 입 모양이 아카네와 많이 닮았다.

"여동생, 맞지?"

"아, 응⋯. 노도카야."

유토가 미소를 지어 보였지만, 상대방은 마주 웃어 주지 않았다.

"들어줄게."

유토가 비닐봉지에 손을 뻗으려고 했지만, 아카네는 딱 잘라 거절했다.

"괜찮아."

그대로 나란히 서서 걷는데, 어쩐지 아카네는 타인을 거부하는 듯한 분위기를 자아내고 있었다. 아카네는 다소 거칠게 노도카의 손을 잡아끌며 걸음을 재촉했다.

"언니, 나 아파."

"빨리 집에 가야지. 엄마가 걱정하잖아."

"걱정 안 해. 어차피 엄마는 자잖아."

"노도카!"

매서운 목소리로 소리치면서도 아카네가 걷는 속도를 늦추길래, 유토는 다시 옆에 나란히 서서 말을 걸었다.

"낮에 만나다니, 왠지 이상한 기분이야."

"…그러게. 설마 이런 데서 만날 줄은 몰랐어."

"여기 자주 와?"

"…가끔."

"집안일도 돕고, 착한 아이네."

그 순간, 아카네가 갑자기 걸음을 멈췄다.

"…왜?"

"…엄마가, 아프셔. 이만 가 볼게. 노도카, 가자."

쌀쌀맞게 대답한 아카네는 등을 돌렸다.

때마침 불어온 강한 바람에 손에 든 비닐봉지가 바스락거리며 소리를 냈다. 유토는 그 자리에 멈춰 서서 두 사람을 지켜봤다. 아카네는 돌아보지 않았지만, 눈썹을 팔자로 늘어뜨린 노도카가 딱한 번 고개를 돌려 유토를 쳐다봤다.

잠시 두 사람의 뒷모습을 지켜본 유토도 걷기 시작했다. 아카네의 태도는 명백하게 데면데면했다. 자신이 뭔가 신경에 거슬리는 말이라도 한 걸까.

그날, 유토는 평소처럼 사카와 공원까지 달렸다.

낮에 불던 강한 바람은 잠잠해졌지만, 때때로 뺨을 스치는 바람은 차가웠다. 집에서 나오는 게 늦어서 도착한 것도 평소보다 조금 늦은 시각이었는데, 아카네는 이미 와 있었다. 유토는 그네에 멍한 표정으로 앉아 있는 아카네에게 말을 걸었다.

"도미자와."

아카네는 깜짝 놀란 듯이 얼굴을 들었다. 유토가 다가오는 걸 눈치채지 못했던 모양이다.

"왜 그래? 멍하게 앉아 있던데."

유토의 말에 아카네는 의아하다는 듯 미간을 찌푸렸다. 드물게도 아카네의 표정에서 초조함이 엿보였다.

"아, 그래도 어머니가 아프신 건 좀 괜찮아졌나 보다. 밤에 산책 나온 걸 보니."

그러자 아카네는 한층 더 미간을 찌푸리며 그네에서 거칠게 일어섰다. 그네가 흔들리며 삐걱거리는 소리가 났다. 왜 그러는 걸까. 뭔가 평소에 보던 아카네와 달랐다. 유토는 조심스럽게 물었다.

"무슨 일, 있었어?"

"아니, 평소랑 똑같아."

차가운 목소리였다. 대체 왜 이러는 걸까. 자신이 뭔가 아카네를 화나게 할 만한 소리라도 한 걸까. 저녁에 마트에서 만났을 때도 이상하게 데면데면했지만, 유토는 도무지 그 이유가 짐작되지 않았다.

아카네가 빠른 걸음으로 걷기 시작해서 유토는 황급히 뒤따라 걸으며 또 말을 걸었다.

"대단하다고 생각했어. 집안일 돕는 거. 여동생도 잘 보살피고."

아카네가 느닷없이 걸음을 멈추더니, 매서운 눈으로 유토를 응시했다.

"돕는 거 아니야!"

그렇게 소리친 아카네는 등을 돌려 달려갔다. 유토는 그 모습을 멍하니 지켜봤다.

다음 날, 유토는 학원에 가자마자 히로키에게 가서 물었다.

"오늘 네 동생 왔어?"

"아, 응."

"또 좀 묻고 싶은 게 있어서."

"알았어."

히로키는 살짝 의아한 표정을 보이기는 했지만, 이내 메신저로 동생에게 연락해 주었다.

학원을 마치고 나가자 지난번처럼 미사토는 건물 밖에서 기다리고 있었다.

"안에서 기다리지."

히로키의 말에 미사토는 뽀로통한 얼굴로 말했다.

"오빠 기다리는 거로 보이기 싫단 말이야."

"미안. 나 때문에."

유토가 사과하자 미사토는 고개를 가로저었다.

"아니에요. 가시와기 오빠한테는 저희 오빠가 늘 신세 지고 있으니까요. 혹시 도미자와 일로 부르신 거예요?"

"아, 응, 그렇지."

"오빠가 전에 물어서 그런지 저도 좀 신경이 쓰이더라고요. 도미자와랑 같은 반 애한테 들었는데, 수업 중에 졸아서 선생님께 혼났었대요."

"졸았다고?"

"네, 뭔가 생활이 좀 흐트러져 있는 느낌이에요. 지각도 자주 하는 모양이고, 교복에 구김이 있기도 하고요. 물론 크게 눈에 띌 정도는 아니지만요."

"그 애, 갑자기 화내거나 하지는 않는대?"

"그런 소리는 들은 적 없어요. 그런데 담임선생님한테 좀 반항적인 면이 있나 봐요."

"반항적이라고?"

"막 대놓고 그러지는 않는 것 같지만요."

"무슨 일이라도 있었대?"

"그런데 정말로 친구의 친구인 건 맞아?"

히로키의 질문에 유토는 조금 당황했다.

"무슨 소리야."

유토는 히로키를 슬쩍 째려본 뒤 미사토에게 고맙다고 인사했다.

유토는 밤길을 걸으며 방금 미사토에게 들은 이야기를 곱씹었다. 생활이 흐트러져 있다니, 대체 무슨 일이 있었던 걸까. 아카네가 한 말도 떠올랐다. 돕는 게 아니라니, 그건 또 무슨 말일까. 장보기를 하고 여동생을 돌보는데, 그게 돕는 게 아니라니….

낮에는 어머니가 아프시다고 했다. 하지만 밤에는 평소랑 똑같다고 했다.

"어?"

저도 모르게 말이 튀어나왔다. 그러니까 어머니가 늘 아프시다는 뜻인가?

혼자 깊이 파고들어 봤자 진실을 알 수 있을 리 없다. 유토는 제자리에 멈춰 서서 고개를 휘휘 저었다. 눈앞에 이어진 어두운 밤길을 바라보는데, 공연히 마음이 수런거렸다.

주말이 끼어 있어서 유토가 사카와 공원을 향해 달리는 건 나흘 만이었다. 이날은 구름이 잔뜩 끼고 흐렸는데, 뺨을 스치는 바람도 습기를 머금고 무겁게 느껴졌다. 쫙 깔린 구름 탓인지 밤하늘이 유독 하얗게 보였다.

공원에 발을 내디뎠을 때, 유토는 자신이 긴장하고 있다는 사실을 깨달았다. 그네 쪽으로 다가갔지만, 사람의 흔적은 보이지 않왔다. 천천히 주위를 둘러보다가 미끄럼틀 위에 시선이 멈췄다. 아카네는 쪼그려 앉아 하늘을 올려다보고 있었다.

일부러 발소리를 내며 다가가자 아카네가 자리에서 일어섰다. 살며시 손을 들길래 뛰어내릴 줄 알았는데, 아카네는 앉아서 다리를 쭉 뻗은 다음 미끄러져 내려왔다.

"새가 아니라서 날 수 없어."

아카네가 메마른 웃음을 흘렸다. 지난번에는 잘 뛰어내렸으면서, 마치 날개가 꺾이기라도 했다는 듯한 말투였다. 유토가 아무 말 하지 않자, 또다시 아카네가 입을 열었다.

"전부 다 버리고 도망치고 싶을 때 없어? 뭘 위해서 사는지 모르겠다는 생각이 들거나."

무거운 이야기를 하면서도 아카네는 입가에 희미한 미소를 띠고 있었다. 하지만 그건 진짜 웃음과는 거리가 멀었다. 마치 표정 없는 가면이 입꼬리만 올린 듯한 얼굴이었다. 유토는 아카네에게서 시선을 거두고 나직이 말했다.

"…있어."

다시 시선을 돌려 아카네의 눈을 응시한 순간, 유토는 처음 아카네에게 말을 걸었던 날, 혼자 내버려 두면 안 될 것 같은 기분이 들었던 게 생각났다. 아마도 그때, 자신의 심정과 닮은 무언가를 직감적으로 느꼈던 거다.

"딱히 사는 게 엄청 힘들지는 않거든. 아빠는 여자가 생겨서 집을 나갔고 집은 가난하지만, 그렇다고 먹고살기 힘든 수준은 아니야. 잘난 형 때문에 늘 선생님이나 친척들한테 비교당하기는 해도 친구도 그럭저럭 있고, 아마 히가시고도 붙을 것 같아. 히가시고 정도면 그럭저럭 나쁘지 않잖아."

안 지 보름도 안 됐고, 이름 말고는 아는 것도 거의 없는 여자애를 상대로 자신은 대체 무슨 소리를 하는 걸까. 그렇게 생각하면서도 유토는 말을 멈출 수 없었다.

"형이 나보고 치사하대. 나로서는 오히려 그쪽이 치사하거든? 좋은 건 죄다 가져가 놓고서…. 우리 집은 형을 중심으로 돌아가고 있어. 엄마도 형한테만 관심이 있고. 내가 어느 날 갑자기 사라져도 아무도 신경 쓰지 않을 것 같아. 솔직히, 내 존재 의미를 모르겠어."

토해 내듯 내뱉은 말에 유토 자신도 놀랐다. 이런 말을 입에 담다니…. 그래도 아주 조금이지만 후련한 기분이었다.

"나는…."

짧은 침묵 끝에 아카네가 머뭇거리며 입을 열었지만, 이내 꾹 입술을 다물었다.

"말해도 돼. 우리밖에 없으니까."

"…나는, 사라질 수 없어. 내가 없으면, 우리 집이 무너지니까."

"무너진다고?"

"낮에는… 만나고 싶지 않았어."

"지난번에 봤을 때 말하는 거야?"

"응. 주부처럼 장 보는 모습을 다른 사람한테 들키고 싶지 않아. 고생이 많다는 둥 여동생을 잘 돌보는 착한 언니라는 둥 그런 소리도 듣기 싫어. 다들 아무것도 모르면서. 나, 노도카한테 막 소리칠 때도 있어. 양 갈래로 머리 묶어 줬는데, 마음에 안 든다고 떼쓰니까 나도 화가 나서…. 나는 티브이도 안 봐. 아이돌 같은 것도 이제 하나도 몰라. 예쁘게 꾸미지도 못해. 나, 하나도 안 착해. 학교 숙제를 못 할 때도 있어."

"…."

"집에 가야겠어."

"도미자와…."

"쓸데없는 소리를 했어. 그냥 못 들은 거로 해."

아카네는 그렇게 말하고 뒤돌아서 걷기 시작했다. 잠시 그 뒷모습을 바라보던 유토는 황급히 아카네의 뒤를 쫓았다.

"…어머니, 쭉 아프셨구나."

대답은 없었다. 하지만 아마도 자신의 추측이 맞는 것 같았다.

"아버지는?"

"나고야. 단신 부임 중이야."

더는 아무것도 물을 수 없었다. 사카와 힐스가 보이기 시작했을 때, 차가운 물방울이 툭 뺨에 떨어졌다.

"비다…."

무심코 그렇게 중얼거린 건 침묵을 견딜 수 없었기 때문일지도 모른다. 유토는 조용히 숨을 내쉬었다. 역시 물어봐야 할 것 같았다.

"집안일, 돕는 게 아니라고 했잖아."

"…."

"그건…."

"돕는 게 아니라, 내가 하는 거야."

아카네는 억양 없는 목소리로 그렇게 말하고 건물 쪽으로 달려 갔다.

갑자기 빗줄기가 거세졌다. 하지만 유토는 달릴 수 없었다.

이제야 겨우 아카네의 비밀이 밝혀진 듯한 느낌이 들었다.

유토는 걸으면서 아카네의 말을 떠올렸다.

— 티브이도 안 봐. 아이돌 같은 것도 이제 하나도 몰라.

신나서 티브이 프로그램 이야기를 하는 친구들의 대화에도 쉽 게 끼어들지 못할지도 모른다. 그렇지만 그런 사실은 밝히지 못한 채 웃으면서 대충 얼버무리고 있는 걸까. 그뿐이면 몰라도 공부는 밀리기 일쑤고, 지각하거나 수업 때 졸기도 했다면? 사정을 모르 는 학교 선생님이나 친구들에게 생활이 흐트러졌다는 오해를 받 았을 테다. 늘 어머니의 병을 걱정하면서….

아카네는 줄곧 그런 나날을 보내온 걸까.

언젠가 수면 부족이라고 했던 건, 집안일을 돕느라 힘들어서 그랬던 걸지도 모른다. 아니, 돕는 게 아니다. 그렇게 가볍게 표현할 수 있는 일이 아니었다.

하늘을 올려다봤을 때, 마침 빗방울이 눈에 들어갔다. 유토는 늦가을의 차가운 비를 맞으며 걸어서 집으로 돌아갔다.

흠뻑 젖은 채로 부엌에 들어간 유토를 보고 엄마가 말했다.

"어머, 밖에 비 오니?"

티브이 소리 때문에 빗소리를 눈치채지 못했던 모양이다. 티브이 화면에서는 떠들썩한 코미디 프로그램이 나오고 있었다.

"지금, 나토오가 씻는 중이야."

바로는 들어갈 수 없다는 뜻이겠지. 유토는 불퉁한 표정으로 말했다.

"티브이 안 볼 거면 끄지?"

"보는 중이야."

"저런 바보 같은 방송을?"

"그러니까 보는 거지. 기분 전환하려고."

그 말에는 대답하지 않고 방에 들어갔다. 유토는 젖은 운동복을 벗어 던지고, 잠옷 대신 입는 티셔츠로 갈아입었다.

아카네는 지금 뭘 하고 있을까.

처음에는 자신과 같은 부류일 줄 알았다. 그래서 신경 쓰였다. 사카와 힐스에 산다는 사실을 알았을 때는 실망했다. 하지만 아카네가 떠안고 있는 상황은 유토의 상상 이상으로 힘들어 보였다.

아버지는 단신 부임 중이시라고 했다. 그 밖의 가족은 여동생뿐이었다. 즉 아카네가 어머니의 간병을 하고 있다는 말일 것이다. 어머니가 얼마나 아프신지, 언제부터 아프셨는지는 모르겠지만, 유토와 만났을 때는 이미 병에 걸린 상황이었던 게 틀림없다. 그렇다면 벌써 한 달이 넘었다. 아니, 어쩌면 훨씬 더 전부터였을지도 모른다.

유토는 아카네 앞에서 자신이 너무 철없는 소리를 해 버린 것 같다는 생각이 들었다. 그렇지만 거짓말은 아니었다. 진심이었다. 그 순간, 서로 이해할 수 있을 것 같다는 느낌을 받았다. 새가 아니라서 날 수 없다는 아카네의 말처럼, 유토도 같은 생각을 한 적이 있었기 때문이다.

다음 날 아침에 눈을 뜨니 목이 따끔따끔했다. 하지만 유토는 엄마에게 알리지 않고 등교했다. 그런데 시간이 갈수록 몸이 나른했다. 아무래도 제대로 감기에 걸려 버린 모양이었다. 정신없이 집에 돌아온 유토는 그대로 침대 속으로 기어 들어갔다.

끊임없이 콧물이 나와서 순식간에 쓰레기통이 티슈로 가득 찼다.

여섯 시가 넘어서 엄마가 집에 왔길래, 오늘은 학원을 쉬겠다고 말하려고 유토는 부엌으로 갔다. 목소리가 엉망이라 굳이 이유는 설명할 필요도 없었다.

"저녁밥은 어떻게 할래?"

"학원 도시락 먹으면 돼."

"그럼 전자레인지로 데워 먹어."

유토는 엄마의 말대로 도시락을 데워서 먼저 저녁밥을 먹기로 했다. 식욕은 없었지만 억지로 입에 쑤셔 넣었다. 함박스테이크, 달걀말이, 샐러드….

형이 집에 온 건 막 유토가 밥을 다 먹었을 때였다.

"학원 안 갔어?"

"감기에 걸린 모양이야. 어제 비 맞았거든."

엄마가 설명했다.

"너 바보냐? 그게 다 정신이 해이해져서 그래. 이제 곧 기말 아냐? 내신 점수도 얼마나 중요한데…."

"시끄러워."

목소리를 낮게 깔고 대답했지만, 코맹맹이 소리라서 묘하게 가볍게 들렸다.

"시험 얕보지 마. 동생이 히가시고도 떨어졌다고 하면, 창피해서 고개를 들 수가 없으니까."

"누가 욕실에 틀어박혀서 안 나오니까 빨리 못 씻어서 그런 거거든."

그렇게 말한 유토는 일어서서 싱크대에 도시락통을 두고 방으로 들어갔다.

창피하다고? 형은 유토의 존재가 수치스럽다는 말인가.

"이젠 정말 무리야."

천장을 보면서 중얼거렸다. 이제 옛날로는 돌아갈 수 없다. 유토의 자랑이었던 형은 이제 성가실 뿐이다. 어린 시절의 유토는, 설마 두 사람의 관계가 이렇게 될 거라고는 상상도 못 했을 것이다.

시간이 얼마나 흘렀을까. 가볍게 문을 노크하는 소리가 들렸다.

"들어간다."

유토가 채 대답하기 전에 나오토가 문을 열고 들어왔다.

"일단은 수험생이니까 약 정도는 챙겨 먹어. 여기에 둘 테니까."

유토가 상반신을 일으켰다. 나오토는 감기약 상자와 물컵을 받친 쟁반을 책상 위에 올려놨다.

"엄마한테 걱정 끼치지 마."

내 걱정 따위 할 리 없다고 대답하면 형은 뭐라고 할까. 차마 그런 말까지는 할 수 없어서 입을 다물고 있자, 나오토가 예상 밖의 말을 했다.

"아빠가 보내 주는 돈이 줄었나 보더라."

"뭐?"

"너한테는 말하지 말라고 했는데, 그래도 셋이서 잘 버텨 봐야지, 안 그래?"

"…."

"둘째는 속 편해서 좋겠다."

나오토는 그렇게 말하고 방에서 나갔다. 누구 속이 편하다는 건지. 내심 투덜거리면서도 유토는 감기약에 손을 뻗었다. 이 이상 감기가 심해지면 안 된다. 그러면 달릴 수 없으니까….

6

학교를 하루 쉰 유토가 등교하자, 쇼가 곧바로 다가왔다.

"감기 걸렸었다며? 웬일이냐?"

"방심했어."

웃으면서 대답한 유토는 교실 안을 훑어봤다. 수업 시작까지 아직 여유가 있어서인지 아직 반도 등교하지 않았다.

"아직 좀 코맹맹이네. 괜찮아?"

"형이 나보고 정신이 해이해져서 그렇대. 아주 무서워 죽겠다."

책상 위에 가방을 털썩 내려놓으며 농담조로 말했다.

"이치고의 수재는 역시 엄격하군."

"넌 좋겠다. 외동이라서."

"외동은 외동 나름의 고충이 있단다."

"비교당할 일은 없잖아."

"대신 내가 다 책임져야 하잖아. 부모님이라든가."

"그런 앞일을 벌써… 어, 혹시 부모님 어디 아프셔?"

저도 모르게 그런 말이 튀어나온 건 아카네의 일이 머리를 스쳤기 때문이었다.

"아니, 아직 쌩쌩해. 그런데… 할머니가 아프셨었거든."

"너 할머니랑 같이 살아?"

"삼 년 전에 돌아가셨어. 폐렴으로."

"그랬구나."

쇼와는 초등학교가 달라서 지금까지 할머니 이야기를 들은 적은 없었다.

"친할머니였는데, 우리 부모님이 늦게 결혼해서 할머니도 여든 가까운 나이셨어."

"같이 살았어?"

"응. 할아버지는 내가 아직 꼬맹이일 때 병으로 돌아가셨고, 할머니 혼자 니시타마에 있는 아파트에 살고 계셨는데, 뇌경색으로 쓰러지셔서 우리 집에서 모셨거든."

유토는 자신의 할머니, 할아버지를 떠올렸다. 외할머니와 외할아버지는 삼촌 부부와 같이 아키타에 살고 있는데, 이 년 정도 만나지 못했다. 초등학생 때는 여름방학이 되면 놀러 가곤 했는데, 나오토가 고등학교 입학시험을 치른 해부터 그것도 그만두게 되었다. 아빠는 도쿄에서 태어나고 자랐는데, 친할머니와 친할아버지는 퇴직 후에 고향인 오카야마로 돌아갔다. 지금은 할머니 혼자 그곳에서 지내고 있는데, 엄마와 아빠의 사이가 나빠진 뒤로 물리

적인 거리 이상의 거리감을 느끼게 되었다.

"나는 할머니, 할아버지랑 별로 가깝지 않아서 상상이 잘 안 돼."

"그래도 언제, 어떻게 될지 몰라. 지금 엄청 고령화사회잖아. 데쓰야네 집은 할머니가 증조할머니 수발을 들고 있는 모양이더라. 치매 같은 것도 늘어날 테니까, 누구한테나 닥칠 수 있는 일이야."

전에 없이 진지한 표정으로 쇼가 말했다. 아무 말 못 하는 유토를 향해 쇼가 나지막이 말했다.

"집에 아픈 사람이 있으면, 진짜 힘들어."

"너도 같이 도왔어?"

"음, 역할 분담이라고 해야 하나? 집안일 중에 내 역할이 딱 정해져 있었어. 그리고 나 휠체어는 제대로 밀 수 있어."

쇼는 시원스레 웃었지만, 역할이라는 말이 유토의 뇌리에 박혔다. 아카네도 비슷한 이야기를 했다. 돕는 게 아니라고.

쇼의 할머니 일은 얼떨결에 듣게 된 이야기였지만, 유토는 적잖이 충격을 받았다. 밝고 엉뚱하고 아무 걱정 없는 녀석. 줄곧 그렇게 생각하면서 쇼를 대해 왔다. 그래서 어떤 의미에서는 마음 편하기도 했는데, 쇼가 초등학생 때 그런 일을 겪었을 줄이야. 사람은 겉만 봐서는 알 수 없다는 게 정말인 모양이다. 하긴 쇼도 유토의 집안 사정은 전혀 몰랐다. 일부러 어두운 이야기를 하거나 듣고 싶은 사람 따위 없을 테니까.

집에 아픈 사람이 있다는 건 어떤 느낌일까. 입술을 지그시 깨

무는 유토를 보고, 쇼가 의아한 표정을 지었다.

"너희 할아버지나 할머니께 무슨 일이라도 있어?"

"아니, 그건 아닌데, 아는 애 부모님이 아프신 것 같아서."

"부모님이…. 많이 힘들겠네."

"아까 휠체어 제대로 밀 수 있다고 했지? 난 한 번도 밀어 본 적 없어."

"내가 어린애치고는 힘이 셌거든. 그래도 친구랑 마주치거나 하면 싫었어."

그 순간 차임벨이 울려서 두 사람은 각자의 자리로 향했다.

그날 하교할 때, 쇼와 함께 학교에서 나오며 유토가 말했다.

"아침에 했던 이야기 말인데, 난 네가 그런 일을 겪었을 줄은 몰랐어."

"할머니 일?"

쇼는 고개를 끄덕이는 유토를 보고 천천히 입을 열었다.

"중학교에 입학했을 때는 이미 돌아가신 뒤였으니까. 그래도 그때 친구들한테는 말 안 했어. 제일 친했던 녀석한테도 왠지 말하기가 좀 그래서, 결국 말 못 했어."

아무리 친한 사이라도 말할 수 없는 일도 있다. 유토가 아빠의 부재를 학교 친구 그 누구에게도 말하지 않았듯이 말이다. 그 일을 아는 사람은 아카네뿐이었다.

"반 친구들은 당연하게 하는 일도 나는 못 했어."

"못 했다고?"

"축구 연습도 못 가고, 좋아하는 방송도 못 봤어. J리그(일본 프로 축구 리그의 약칭-옮긴이) 시합 결과 같은 건 아침에 아빠한테 들었어. 안 그러면 학교에서 친구들이랑 대화가 안 되니까."

티브이 이야기는 아카네도 했었다. 지금은 시험을 앞두고 있으니 유토는 티브이를 거의 보지 않게 됐지만, 스포츠든 코미디 프로그램이든 학교에서 화제에 오르는 일은 흔했다. 그럴 때, 고작 티브이 이야기라고는 해도 대화에 전혀 끼어들지 못하면 소외감을 느낄지도 몰랐다.

"결과만 파악해 두는 거야?"

"그렇지 뭐. 나, 친구한테 이런 이야기 하는 거 처음이야. 그때는 뭔가 나만 뒤처진 느낌이었거든. 이제 과거 일이니까 말할 수 있는 거지만."

"치매 같은 건 없으셨어?"

오래전 일이지만, 치매 노인이 선로에 들어가서 사망한 일로 유족들이 고액의 배상금 청구를 받고 소송을 제기한 사건이 있었다. 부모님이 그 사건 이야기를 했던 게 문득 떠올랐다. 게다가 사회의 고령화가 심화하면서 치매 환자도 점점 더 늘고 있다는 사실이 경로의 날에 뉴스로 다뤄지기도 했었다.

"…있었어. 한번은 할머니가 없어져서 나도 자전거로 엄청 찾아

헤맸는데, 그때 딱 학교 친구랑 마주친 거야. 어디 가냐고 묻길래 적당히 둘러대긴 했는데, 그 뒤에 한 번 부모님한테 엄청 화냈어."

"화냈다고?"

"왜 내가 할머니를 보살펴야 하냐고. 아직 어려서 철이 없었지. 부모님도 어쩔 수 없다고 생각했었나 봐. 오히려 부모님이 미안하다면서 나를 달랜다고 애쓰셨어. 지금 생각하면 엄마한테 미안해. 엄마는 일도 관뒀었거든. 나름 보람을 느끼면서 일했던 것 같았는데…. 지금은 다시 신나게 일하고 있으니까 다행이지만."

유토는 쇼의 어머니를 떠올렸다. 밝고 시원시원한 분이셨다. 쇼가 자신에 비해 어머니와의 관계가 좋아 보이는 건 함께 간병한 경험이 있기 때문일까. 생각에 잠긴 유토의 옆에서 또다시 쇼가 입을 열었다.

"우리 할머니는 뇌경색 때문에 치매가 왔던 거라서, 치매 증상도 드문드문 보였었거든. 그런데 솔직히 그것도 힘들더라."

"드문드문이라고?"

"원래 재밌는 분이셨거든. 꽤 오랫동안 학원 선생님을 하셔서 공부도 잘 가르치셨고. 그런 할머니가 점점 망가지는 것처럼 느껴지는 거야. 더러운 걸 감추려고 하기도 하고, 물건이 없어졌다거나 도둑맞았다고 난리 치기도 하고. 여기저기 전화해서 엄마 욕을 하기도 하고."

"그건… 주변 사람들도 힘들었겠다."

그런 말밖에 하지 못하는 자신이 한심했다. 그건 그렇고, 할머니가 병에 걸리신 건 안타까운 일이지만, 기껏 보살펴 드리고 나쁜 사람 취급을 받았다니 많이 힘들었겠다는 생각이 들었다.

"지금 생각하면, 역시 제일 불쌍했던 사람은 할머니였던 것 같아."

"어?"

유토는 저도 모르게 쇼의 얼굴을 응시했다. 본인이 그런 힘든 일을 겪고도 오히려 할머니가 불쌍했다고 말하는 쇼는 평소처럼 태평한 표정이었다.

"정신이 온전할 때는 자책하면서 우울해하셨거든. 나중에 든 생각이지만, 차라리 쭉 정신이 흐려진 채로 있는 편이 할머니도 편했을 것 같아."

"…그렇구나."

자신을 통제할 수 없는 상태라니 상상도 되지 않았다. 하지만 자기도 모르게 실수를 저질렀다가 뒤늦게 알고 쓴맛을 본 경험이라면 유토에게도 있었다. 이런 일을 겪었던 쇼를 보고 좋은 부모님께 사랑받고 자라서 고생을 모른다고 생각했었고, 어쩌면 '너는 속 편해서 좋겠다' 같은 말을 실제로 입 밖에 낸 적이 있었을지도 모른다.

"사실 누구 탓도 아니잖아. 병이니까. 하지만 그때는 나도 그런 생각을 하기에는 너무 어렸으니까. 좀 더 잘해 드릴 걸 하는 생각이 지금은 들어."

쇼는 아련한 눈으로 하늘을 바라봤다. 쇼의 후회 섞인 이야기를 들으며, 유토는 당시 초등학생이었던 쇼가 부채감을 느낄 필요는 없지 않을까 하는 생각이 들었지만, 그런 말은 할 수 없었다. 유토도 조용히 쇼를 따라 하늘로 시선을 돌렸다. 잎이 대부분 떨어진 느티나무 가지 너머로 맑게 갠 푸른 하늘이 펼쳐져 있었다.

유토가 달리기를 재개한 건 나흘 뒤였다. 사카와 공원에 도착했을 때 아카네는 이미 와 있었다. 처음 아카네를 봤던, 바로 그 그네 위에 앉아 있었다.

희미한 발소리에 아카네가 얼굴을 들었다. 유토가 다가오는 걸 눈치챘는지 그네에서 튕기듯이 일어섰다.

"오랜만이야."

유토가 가볍게 손을 흔들며 웃자, 일순 아카네의 얼굴이 일그러졌다.

"이제 안 오는 줄 알았어."

"지난번에 온 비 때문에 감기에 걸렸었어."

"…이제 괜찮아?"

"건강한 게 내 유일한 장점이야."

유토가 걷기 시작하자 아카네는 아무 말 없이 옆에 나란히 섰다.

"너희 집 사정, 제대로 듣고 싶어."

"…"

"억지로 캐묻겠다는 건 아니야."

"알아. 가시와기 오빠는 착하니까."

"딱히 그런 건 아니고, 혹시 친구들한테 말 못 하는 건가 싶어서…"

"그렇지."

"얼마나 됐어?"

"열 달쯤 됐어. 입원했던 시기까지 다 합치면."

"그렇게 오래됐어?"

유토는 저도 모르게 미간을 찌푸렸다.

"일 년 전과는 모든 게 달라졌어. 너무 갑자기."

일 년 전, 아카네의 어머니는 아직 아프시지 않았다. 아카네는 깃카학원에 다녔고, 테니스부였다. 집안일을 하거나 여동생을 돌볼 필요도 없었다. 그런데 겨우 하나의 돌로 오셀로 판이 단숨에 뒤집히듯이 아카네의 생활은 완전히 달라졌다.

"나, 지금 거의 주부야. 장 보고, 노도카를 먹이고, 씻기고, 내일 준비물 챙겨 주고, 동생이 잠들고 나면 그제야 휴식 시간. 매일 그래."

"그게 지금인 거지?"

유토의 질문에 아카네가 또 작게 고개를 끄덕였다.

"이제 친구들 대화에도 잘 못 따라가겠어. 그래도 맞춰 봐야지 어떡해. 이런 무거운 이야기를 털어놓을 수는 없잖아. 수업 듣다가 졸려도, 그냥 자신을 웃음거리로 삼을 수밖에 없어."

"내가 다 들어 줄게."

아카네는 걸음을 멈추고 유토를 올려다봤다.

"… 왜?"

"그냥, 이것도 인연이잖아."

"그게 아니라, 나 이미 다 말했는데."

그 순간, 아카네의 눈에서 한 줄기 눈물이 흘러내렸다. 유토는 아카네의 뺨으로 뻗으려던 손을 도로 거두고 말했다.

"무슨 나쁜 맘이 있어서 그러는 건 아냐."

"알고 있어."

뺨 위의 눈물이 가로등 불빛에 반사되어 빛났다. 유토는 천천히 걷기 시작했다. 벌써 사카와 힐스가 눈앞이었다.

"그러니까 나는 듣는 것밖에 못 하겠지만…."

"하지만 가시와기 오빠는 수험생이잖아."

"그러니 이 시간만 들을게. 이 십오 분은 우리 둘만의 시간이잖아. 그럼, 또 보자."

그렇게 말한 유토는 돌아보지 않고 달리기 시작했다. 몸이 후끈 달아올랐다. 말했다. 그 점에 후회는 없었지만, 괜히 부끄러웠다.

유토는 자신이 말한 인연이라는 단어를 생각했다. 그날, 우연히 사카와 공원에 갔다가 아카네를 만났다. 아카네의 무거운 한숨도, 괴로운 표정도 이제는 이해할 수 있었다. 아무에게도 할머니의 병에 관해 말할 수 없었다는 쇼의 말이 머리를 스쳤다. 그렇다면 적어도, 지금 힘든 시간의 소용돌이 속에 있는 아카네의 이야기는 들어 주고 싶었다. 인연이니까.

집에 오니, 엄마는 부엌 식탁에 턱을 괴고 앉아 신문을 보고 있었다.

"다녀왔습니다."

"또 감기 안 걸리게 조심해."

"알았어."

유토는 욱하는 마음이 들었지만, 꾹 참고 물을 마셨다. 엄마가 깊은 한숨을 내쉬었다. 지친 표정이었다.

"아빠가 보내는 돈 줄었다면서?"

"너는 그런 거 신경 안 써도 돼."

"나도 가족이잖아."

"그 사람도 이래저래 힘들겠지. 경기가 좋아지고 있다고는 해도 작은 회사에는 영향이 없으니까. 건강하게 일하고 있는 것만으로 다행이라고 생각해야지."

아빠가 집을 나갔을 때 냉정하고 단호하게 조건을 들이민 엄마가 하는 말치고는 조금 의외라는 생각이 들었다.

"만일 아프기라도 하면 큰일이겠지."

"뭐?"

엄마가 그제야 고개를 들고 유토를 응시했다.

"아니, 그… 니카와라는 반 친구가 있는데, 초등학생 때 뇌경색인 할머니랑 같이 살았었대. 삼 년 전에 폐렴으로 돌아가셨나 봐."

"흡인성 폐렴이셨나 보다. 어르신들은 그런 경우가 많아."

"휠체어를 밀어 드리기도 하고, 집안일도 분담해서 했던 모양인데, 힘들었나 봐."

"이 나라도 앞으로가 걱정이지."

갑자기 엄마의 입에서 튀어나온 나라라는 말에 당황했다.

"일본 말이야?"

"일본만의 문제는 아니겠지만, 어쨌거나 일본은 고령화 선진국이잖니. 간병으로 가족이 부담을 떠안는 상황은 앞으로 더 늘어날 텐데, 정책이 현실을 따라잡지 못하고 있으니까. 이래저래 문제가 많아."

"문제?"

"노노간병인 가정도 점점 더 늘어날 거고."

"노노간병?"

"예를 들면, 일흔 살이 넘은 사람이 아흔 살, 백 살인 부모를 간병하는 거야."

"아, 그거구나. 나카이네 집도 할머니가 증조할머니를 돌보고 있다고 했어."

"그래. 부모와 자식 간이 아니더라도 노부부 중 한쪽이 아픈 몸으로 치매에 걸린 배우자를 간병하는 사례도 이미 많아. 간병이란

게, 보통 방법으로는 대처하기 어려운 면도 있고."

엄마의 말이 잘 이해되지 않아서 가만히 있자, 엄마가 말을 이었다.

"예를 들면, 개호보험(한국의 노인장기요양보험에 해당한다–옮긴이)의 인정은 상태에 따라서 7등급으로 나뉘는데, 혹시 다른 사람 앞에서는 긴장해서 그런지 평소보다 야무지고 건강한 척 구는 사람이 있다는 말을 들은 적 없니?"

아카네의 어머니는 병에 걸린 거니까 고령화와는 상관없다고 생각하면서 유토는 고개를 갸웃거렸다.

"글쎄."

아무래도 주위에 고령자가 없는 유토로서는 실감 나지 않는 이야기였다.

"그 결과, 올바른 진단을 받지 못해서 가족이 고생하게 되는 거지. 가족 중에 환자가 있다는 사실을 남에게 밝히고 싶어 하지 않는 사람도 있고. 그게 치매나 정신질환이면 더 그렇대. 하지만 그런 사람들이야말로 사실 도움이 필요하거든."

"니카와네 할머니도 치매가 있으셨지만, 친구들한테 말할 수 없었다고 했어."

"아직 초등학생이었을 텐데, 힘들었겠구나."

"지금은 괜찮아 보여."

하지만 아카네는 다르다. 현재진행형이었다.

"그 친구 같은 애들을 영 케어러(Young Carer, 가족 돌봄 청년)라고 해."

"영… 뭐?"

"영 케어러. 18세 미만이면서 가족을 돌보고 집안일을 하는 아이들이야."

"처음 들었어."

"아직 모르는 사람도 많을 거야. 가정 폭력이나 빈곤 문제에 비해 언론에서 별로 보도되지 않으니까."

엄마는 비상근 공무원으로 일한 지 육칠 년쯤 됐는데, 지금은 복지 관련 부서에 있었다. 그래서 이런 일도 잘 아는 걸까.

"그 니카와라는 친구처럼 초등학생, 때에 따라서는 초등학교 저학년인 아이가 가족을 위해 일하는 경우도 있어."

"그렇구나."

"모자 가정인데 어머니가 병에 걸려서 생활이 몹시 어려운 경우도 있고. 정신적인 병 때문에 아직 어린 초등학생이 몇 년이나 부모님을 돌보는 경우도 있나 봐."

"정신적인 병?"

"우울증이나 조현병, 공황장애 같은 병 말이야. 마음의 병에도 여러 종류가 있거든. 그런데 가족 돌봄을 떠안고 있는 아이들이 얼마나 있는지, 실태 파악이 제대로 되고 있지 않은 모양이야. 앞으로 점점 더 늘어날 가능성이 있는데도 전국 단위 조사도 안 하고, 애초에 간병 행정에서도 아이들이 간병을 떠안는다는 발상 자체가 없거든."

"그게 무슨 뜻이야?"

"근로자는 가족 돌봄 휴가가 법적으로 인정되어 있잖아. 그런데 아이들은?"

"아, 그렇네. 학교를 쉬어도 출석으로 인정해 주지 않는구나."

"니카와네 할머님, 간병보험 인정은 받으셨대?"

"잘 모르겠어. 그런데 간병보험은 노인을 대상으로 하는 보험이지?"

"꼭 그렇지는 않아. 특정 질병일 경우에는 마흔 살 이상이면 받을 수 있을 거야."

아카네의 어머니는 몇 살이실까.

"마흔 살보다 어리면?"

"간병보험 적용은 못 받아. 난치병이면 이런저런 수당이 있긴 할 텐데, 그런 건 지자체에 따라서도 다르고."

"그래?"

"간병은 진짜 힘들어. 갑자기 그런 일이 생기기라도 하면, 가정의 형태가 완전히 바뀌어 버리거든. 어른도 하다 보면 지치는데, 하물며 그걸 아이가 부담한다는 건…."

엄마가 눈살을 찌푸리며 말했다.

"아키타에 계신 할머니는 괜찮아?"

"아직 치매 걱정은 없어 보이더라. 뭐, 언제 그렇게 될지는 모르겠지만, 막고 싶다고 해서 막을 수 있는 일도 아니잖니. 그래도 뭐, 오빠가 곁에 있으니까 괜찮아."

"그렇다면 다행이고."

유토는 온화한 할머니의 미소를 떠올렸다.

― 유토는 참 다정하구나….

형에게 하듯이 똑똑한 아이라고 말해 주시지 않은 점은 좀 섭섭했지만, 그래도 자신과 형의 다른 개성을 인정하고 제일 평등하게 대해 주는 사람은 아키타의 할머니일지도 모른다. 자신의 방에 돌아온 유토는 엄마와 한 대화를 곱씹어 봤다. 고작 오륙 분이었지만, 엄마와 이만큼이나 대화한 건 꽤 오랜만인 듯한 기분이 들었다.

"영 케어러…."

유토는 엄마에게 배운 말을 중얼거려 보았다.

어떻게 하면 아카네에게 힘이 되어 줄 수 있을까.

아버지는 단신 부임 중이시라고 했다. 혹시 주말에는 돌아오시는 걸까. 그렇다면 이번 주 토요일이나 일요일에 시간을 낼 수 있을지도 모르니, 같이 공부하자고 해 봐야겠다. 다음 주는 기말고사고, 아카네는 전에 친구들에게 중간고사 성적이 나빴다고 말했었다. 중2 공부라면 유토가 가르쳐주면 된다. 자신의 복습도 되니까. 그런 생각이 떠오르자, 불현듯 기운이 났다.

낮에 제대로 만나서 아카네의 미소를 보고 싶었다. 만일 휴일에 만나게 되면 아카네는 어떤 옷을 입고 나올까. 자신은 뭘 입고 나가면 좋을까….

그런 생각을 하니 왠지 심장이 두근거리고, 몸에도 열이 오르는 것 같았다.

그 열을 떨쳐 내려는 듯 두세 번 머리를 휘휘 내젓고 나서, 유토는 그제야 영어 문제집을 펼쳤다.

"너, 무슨 일 있었어?"

데쓰야가 그렇게 물은 건, 엄마에게 영 케어러라는 단어를 들은 지 이틀 뒤, 밤에 또 아카네와 만나기로 한 날의 방과 후였다.

"무슨 일이라니?"

"아니, 뭔가 좋은 일이라도 있었나 해서."

"딱히 그런 일 없는데?"

"설마 여자친구 생겼냐?"

"그런… 짓을 할 리가 없잖아. 이런 시기에."

무심코 '그런 사이가 아니야'라고 대답할 뻔한 유토는 급히 말을 고쳤다. 지금까지 몇 번이나 생각했던 말이었다. 하지만 그런 사이가 아니라고 하면, 어떤 존재가 있다는 사실은 인정하는 꼴이 된다.

애초에 아카네는 자신에게 있어 어떤 존재인 걸까.

그런 생각을 하면서 유토는 밤에 공원으로 향했다. 공원에 도착한 건 유토가 먼저였다. 아카네가 오기를 기다리는데 괜히 긴장되었다. 그리고 누군가를 기다리는 시간은 더 길게 느껴졌다.

이윽고 아카네가 잰걸음으로 다가왔다.

"늦어서 미안."

그 말에 실제로 평소보다 늦은 시각이라는 사실을 깨달았다.

"여동생이 잠을 안 자서 늦었어."

아카네는 별일 아니라는 듯이 말했지만, 아카네의 힘든 현실에 유토는 마음이 아팠다.

"힘들겠다."

좀 더 괜찮은 말을 건넬 수 있었으면 좋았을 텐데.

"괜찮아."

작지만 분명한 목소리였다. 슈퍼에서 마주쳤을 때, 아카네의 뒤에 숨어 고개를 숙이고 있던 소녀를 떠올리면서 유토는 물었다.

"초등학교 2학년이랬나?"

아카네는 고개를 끄덕이고 말했다.

"아직 어린데 엄마한테 응석도 못 부리고…. 불쌍하다고 생각하면서도 나도 모르게 짜증이 나니까 화내고, 그럼 또 난 자기혐오에 빠지지."

그건 어쩔 수 없다고, 아카네는 충분히 노력하고 있다고 생각했지만, 그런 말은 하지 않는 편이 좋을 것 같았다.

"그래도… 동생 귀엽지?"

아카네는 잠시 머뭇거리다가 대답했다.

"…응."

유토는 가자는 듯이 턱짓하고 걷기 시작했다. 공원 밖으로 나왔을 때, 유토는 용기 내어 말을 꺼냈다.

"저기, 주말에는 아빠 돌아오시지?"

"응. 많이 바쁠 때는 못 올 때도 있지만."

"그러면 혹시 일요일에는 밖에 나올 수 있어?"

"밖?"

"좀 있으면 기말고사잖아. 도서관에서 같이 공부하지 않을래?"

"…."

"혹시라도 좀 모르는 게 있으면, 내가 가르쳐 줄 수도 있어. 시험공부 중이니까 내 복습도 되고."

아카네는 하늘을 올려다본 채로 말했다.

"〈겨울 성좌〉라는 노래 알아?"

"어?"

아카네가 작은 목소리로 노래했다.

"들어본 적 있는 것 같아."

"이 노래에 '모두 잠든 고요 속에서'라는 가사가 나오는데, 어렸을 때는 무슨 말인지 잘 이해가 안 됐어."

제대로 노래하지는 않지만, 아카네가 입에 올린 문구에는 억양이 들어가 있어서, 유토는 한 마디 한 마디의 음을 머릿속에서 노래 선율로 변환시켰다.

"말이 좀 어렵기는 하다."

무슨 이야기를 하려는 건지 짐작되지 않았지만, 유토는 그렇게 대답했다.

"정말로 밤이 그러면 좋을 텐데."

헛된 가정이었다. 실제로 아카네가 편히 쉴 수 있을 리가 없다. 자신도 마찬가지라고 생각하면서, 유토는 고개를 끄덕였다.

"…그렇네."

"일요일은 가능한 한 가족과 함께 있고 싶어. 모처럼 가족이 다 모이는 시간이니까. 그리고 엄마도 아빠가 있으면 평소보다 기운이 있거든. 기운차고 목소리도 밝은 엄마를 보고 싶어."

"…응."

"그래도 고마워."

"어머니에 관해서 조금 더 물어봐도 돼?"

"…."

"계속 아프셨다고 했는데, 무슨 병이야?"

대답은 없었다. 그대로 한동안 두 사람은 말없이 밤길을 걸었다. 길모퉁이에 접어들었을 때, 그제야 아카네가 입을 열었다.

"우리 엄마, 작년 여름부터 다시 일을 시작했어."

"일?"

"응. 전부터 일하고 싶다고 생각했었나 봐. 집 대출도 아직 남았거든. 단지, 아직 노도카… 동생이 어리니까, 고학년에 올라가면 일하려고 했는데, 마침 아는 분이 일자리를 소개해 줬어. 처음에는 아르바이트였지만 나중에는 정사원이 될 수 있을지도 모른다고 좋아했었어. 그런데… 작년 12월에 회사에서 쓰러졌어."

"쓰러졌다고?"

"지주막하출혈이라는 병 알아?"

"들은 적 있어. 뇌혈관 질병 맞지?"

얼마 전 연예인이 그 질병에 걸렸다는 뉴스를 봤었다. 아카네는 고개를 작게 끄덕였다.

"쓰러진 곳이 회사여서 오히려 다행이었는지도 몰라. 곧장 구급차로 이송됐거든. 처치가 늦어지면 죽을 수도 있는 병이래."

"…."

"두 달 정도 입원했어. 뇌 질병은 후유증이 남거든. 반신이 마비되거나 말을 잘 못 하거나 기억장애가 생기기도 해. 엄마가 막 쓰러졌을 때는 시골에 계신 할머니가 오셔서 도와주셨어. 그런데 2월에, 이번에는 할아버지가 쓰러지셔서 할머니가 시골로 돌아가셔야 했어. 그래서 내가 사카와중으로 전학 오기로 한 거야."

"전학?"

전에 미사토에게 들어서 알고 있었지만, 유토는 일부러 물었다.

"도쿄에 있는 사립학교에 다녔었는데, 통학하는 데 시간이 오래 걸리잖아. 집안일도 있고, 노도카도 돌봐야 하니까."

"어머니 병은 좀 괜찮아지셨어?"

"재활은 계속했거든. 처음에는 엄청 열심히 했었는데, 마음이… 정서불안이라고 하나? 괜찮을 때는 집안일도 어느 정도 할 수 있지만, 몸에 마비가 남아서 사람들과 만나고 싶지 않다고 집에만 틀어박혀 있어. 병원에 갈 때만 밖에 나가."

"그래서 네가 장을 보는구나?"

아카네가 작게 고개를 끄덕였다.

"지금까지 당연하게 해 왔던 일을 할 수 없다는 게 굉장히 답답하고 초조한가 봐. 나는 그 마음을 제대로 이해할 수 없지만, 엄마가 너무 괴로워 보여서 지켜보는 것도…."

"힘들지."

"원래대로 돌아갈 수 있게 열심히 재활하자고 격려했어. 그런데 할머니가 시골로 돌아가신 무렵부터 우울증처럼 돼서, 그럴 때는 정말 괴로워 보여…. 그냥 잘 수밖에 없나 봐. 힘내라는 말도 못 하게 됐어. 할머니가 우울증인 사람한테는 그런 말 하면 안 된다고 그러셔서."

"그렇구나."

"지금은 장보기랑 노도카 돌보는 건 내 일이야. 식사 준비랑 청소, 빨래도. 전부 내가 하는 건 아니지만."

"고생 많았겠다."

자신이 말하면서도 무의미한 말이라고 생각했다.

"하지만 제일 괴로운 사람은 엄마라고 생각해. 엄마를 도와주고 싶으니까, 집안일하는 것도 상관없어. 엄마한테 도움이 된다고 생각하면 기뻐. 엄마가 다시 건강해지기만 해 주면 돼. 단지… 시간이 필요해."

아카네는 입술을 꾹 깨물었다. 이렇게 힘든 일을 겪고도 아카네는 엄마를 좋아하는 거다. 유토의 마음이 조금 수런거렸다. 과연 자신은 이런 식으로 가족을 생각할 수 있을까.

어떤 말을 건네야 할지 몰라서 유토는 입을 다물었다.

"할머니 말로는 뇌혈관 질병은 재발이 무서운 병이래. 그래서 조심해야 하는데, 마음 쪽에도 기복이 있으니까… 그래서 자꾸 내일은 뒷전으로 미루게 돼. 노도카도 보살펴야 하고… 공부 같은 것도 할 시간이 없어."

유토는 언젠가 중간고사 결과가 좋지 않았다고 친구들에게 말하던 아카네의 모습을 떠올렸다.

"동아리 활동 따위, 할 수 있을 리가 없구나."

전에 자신이 입에 담았던 부주의한 말이 후회됐다.

"실은 테니스 계속하고 싶었지만, 그럴 때가 아니니까."

"미안."

아카네는 작게 고개를 저었다.

"내가 노력해야지. 도망칠 수는 없잖아. 그래도…."

"그래도?"

"엄마의 기운을 북돋아야 한다고 생각하면, 가끔 지쳐. 엄마가 매사 나쁜 쪽으로 생각하고 침울해할 때면 정말 괴로워 보여서, 지켜보는 사람도 힘들어. 하지만 힘내라는 말은 하면 안 되고."

아카네는 무거운 한숨을 내쉬었다.

"…그래서 이 시간이 휴식이라고 했구나."

"아무것도 생각하고 싶지 않았어. 생각하면, 무얼 위해서 내가 이러는 건지 생각하면, 좀 허무해질 거 같아서…. 그냥 머리를 텅 비우고 싶었어. 그러지는 못했지만."

어쩌면 자신이 아카네의 휴식 시간을 빼앗아 버린 건 아닐까. 사실 혼자 있고 싶었던 거라면? 처음 봤을 때보다 아카네의 표정이 다소 밝아진 것처럼 보이기는 해도, 자신과 대화해서 그렇다고 생각할 정도로 자만심이 강하지는 않았다. 아카네는 지금도 타인인 유토를 배려하고 있는 거였다. 혼자 이곳에 있었을 때, 아카네는 그 누구도 신경 쓰지 않고 어두운 얼굴로 있을 수 있었을지도 모른다. 그런 생각이 들었지만 차마 물을 수 없어서, 유토는 조금 간격을 두고 다른 질문을 했다.

"지금도 학교 친구들은 아무도 몰라?"

아카네가 고개를 끄덕였다.

"역시 말 못 하겠어."

전에도 아카네는 장보기를 할 때는 만나고 싶지 않다고 했었다. 그 마음은 유토도 이해할 수 있을 것 같았다. 쇼도 할머니의 휠체어를 밀고 있을 때는 친구들과 마주치고 싶지 않았다고 했었다.

"그런데 나한테는 말해 줬네."

"…학교가 다르니까."

"그렇지."

정말, 그뿐일까? 유토는 마음속으로 그렇게 물었다.

"사실 딱 한 번, 말한 적이 있어. 전에 다니던 학교의 친구들한테…. 그런데 힘들겠지만 힘내라고 하는데, 뭔가 내 상황을 제대로 이해하지 못했다는 느낌이 드는 거야. 그런 건 아빠가 걱정할일이라고 하는 애도 있었어. 물론 맞는 말이기는 한데, 그래도 어쩔 수 없잖아…."

"그렇지."

"학교에서는 즐거운 얼굴로 있고 싶어. 안 그러면 주변 사람들도 불편해하니까. 그래도 이따금 사소한 일로 형제간에 싸웠다는 말을 들으면, 평화롭구나, 나랑은 전혀 다른 세계구나, 하는 생각이 들기는 해. 가끔은 푹 자고 싶다는 말 같은 것도 못 하겠어. 물론 학교에서 재밌는 일도 있어. 친구들도 좋아하고. 하지만 늘 마음 한구석으로는 생각하게 돼. 엄마 일도 그렇고, 앞으로 대체 어떻게 되는 건가, 하고."

"…선생님께는 말 안 했어?"

"담임선생님은 엄마가 병으로 입원했던 건 알고 있을 거야. 하지만 그 후에 자세한 이야기는 안 했어. 왠지 별로 말하고 싶지 않왔거든. 선생님한테 이런저런 이야기를 하면 다른 애들도 알게 될 거 같아서. 성적이 떨어진 탓도 있겠지만, 시간이 없어서 숙제를 못 했을 때, 선생님한테 공립 무시하냐는 소리를 들었어."

"너무하네."

가끔 있다. 엉뚱한 소리를 하며 학생의 마음을 사정없이 상처 입히는 선생님이….

"어제는 목욕도 못 했어. 피곤해서 잠들었거든. 곧 겨울이니까 괜찮지만, 여름이었으면 땀 냄새 난다는 소리를 들었을지도 몰라. 머리도 감는 게 귀찮아서 짧게 잘랐어. 작년까지는 계속 긴 머리였는데."

아카네가 허탈하게 웃었다. 우는 것 같은 웃음이었다.

"여동생 돌보는 건 어때?"

"…학교 전달사항 같은 거 신경 써야 해. 준비물도 빠짐없이 잘 챙겨 줘야 하고. 아직 2학년이잖아."

"그렇구나."

"노도카도 불쌍해. 내가 아무리 노력해도 엄마 대신이 될 수는 없으니까."

아카네가 그런 일까지 마음 쓸 필요는 없을 텐데. 그런 생각이 들었지만 말할 수 없었다.

"있잖아, 너 같은 사람을 영 케어러라고 한대."

"응?"

"영 케어러. 열여덟 살 미만이면서 가족 돌봄을 부담하는 아이들 말이야."

"그런 명칭이 있구나. 처음 들었어."

엄마의 말로는, 가난한 모자가정의 아이가 병든 어머니를 돌보는 경우도 있다고 했다. 그에 비하면 아카네의 집은 경제적으로 여유 있어 보였다. 물론 그런 말을 해 봤자 아카네에게는 아무 위로도 되지 않을 테다.

"일요일에 못 나온다는 건 이해했어. 그렇지만 나한테는 다 털어놔. 물론 말하기 싫으면 안 해도 되지만, 화나는 일 같은 것도 내가 다 들어 줄게."

그러자 아카네는 숨을 한 번 들이마신 다음 큰 소리로 외쳤다.

"이웃 사람이 나한테 항상 집안일 돕는다고 착하다고 하는 거 너무 짜증 나!"

아카네는 유토가 아니라 하늘을 향해 외쳤지만, 전에 유토 자신도 돕는다는 말을 입에 담았던 일이 떠올라 입안이 씁쓸해졌다.

어느샌가 시간이 꽤 흘러 있었다. 좀 더 이렇게 있고 싶고, 좀 더 둘이서 걷고 싶었다. 하지만 자신뿐만 아니라 아카네도 그건 불가능했다.

"집에 가자. 어머니가 걱정하시면 안 되니까."

"…응."

사카와 힐스 앞까지 걷는 동안은 거의 대화가 없었다.

"그럼 또 봐."

웃으며 말한 유토를 보며 아카네도 작게 미소 지었다.

"조심히 들어가."

"달려서 갈 거니까 걱정 마."

아카네가 건물 안으로 사라지는 모습을 지켜본 다음 유토는 발길을 돌렸다. 같이 공부하자는 제안은 거절당했지만, 많은 이야기를 들었다. 그러니 아카네가 자신을 싫어하는 건 아니었다.

문득 아카네의 진짜 미소가 보고 싶다는 생각이 들었다. 그 순간, 자신의 마음을 주체할 수 없어서 유토는 전속력으로 달리기 시작했다.

기말시험 결과는 그다지 좋지 않았다. 볼펜 꼭지로 성적표를 두드리며 담임선생님이 말했다.

"너, 가시와기 나오토 동생이지?"

공부가 부족했다는 자각은 있었다. 체력을 붙이려고 시작한 달리기는, 아카네와의 산책을 위해 시간이 길어졌다. 아무리 그래도 다짜고짜 이런 소리를 들으니 피가 거꾸로 솟는 것만 같았다. 유토는 그게 무슨 상관이냐고 소리치고 싶은 마음을 간신히 억눌렀다. 이런 일로 화내 봤자 자신만 손해였다. 왜인지 아카네의 얼굴이 떠올랐다. 얼마 전, 공립학교를 무시하는 거냐고 선생님에게 혼났다고 했었다.

"저는 형이랑 다르게 머리가 나빠서요."

일부러 실없는 말투로 말하자 담임이 눈살을 찌푸렸다.

"너희 형은 국립대 부속고도 갈 수 있었으니 이치고는 식은 죽 먹기였는데도, 단 한 번도 대충 한 적이 없었다더라. 형을 좀 본받아."

"죄송합니다."

유토는 꾸벅 고개를 숙였다. 한심한 놈으로 여겨져도 상관없었다.

엄마는 기말시험 결과를 보고도 별다른 말이 없었다.

"선생님이 자꾸 형이랑 비교해서 짜증 나."

유토의 말에 엄마는 의외의 대답을 돌려주었다.

"너는 너고, 형은 형이지."

하지만 유토에게는 그 말 역시 자신에 대한 희박한 관심으로밖에 생각되지 않았다.

8

12월이 되었다.

"너희는 크리스마스에 뭐 해?"

점심시간에 쇼가 유토의 자리로 오자, 데쓰야가 유토와 쇼의 얼굴을 보며 말했다.

"부모님이 케이크 사 오시고, 뭐 선물 주시겠지."

쇼가 대답했다.

"다들 그렇지 않아?"

그렇게 대답했지만, 유토는 부모님에게 크리스마스 선물을 받은 기억이 없었다. 함께 케이크를 먹은 적도 없고, 고작해야 어렸을 때 부츠 모양으로 포장된 과자를 받은 정도였다.

"나는 크리스마스 전주 토요일에 도쿄 놀러 가."

데쓰야가 히죽거리면서 말했다.

"설마 여자친구랑?"

쇼가 물었지만, 대답은 듣지 않아도 뻔했다. 데쓰야의 느슨해진 입가가 정답이라고 말하고 있었다.

"그 말이 하고 싶었구나?"

웃으면서 그렇게 말한 유토는 여자친구라는 단어에 무심코 아카네를 떠올렸다. 뭐, 여자친구는 아니지만. 속으로 그렇게 생각하자 왠지 좀 마음이 쓰렸다.

"진짜 불공평한 세상이야. 왜 데쓰야한테는 여자친구가 있냐고."

쇼가 장난스럽게 한탄하자, 유토도 덩달아 데쓰야에게 한마디 했다.

"아주 여유가 넘치시네. 그러다 입시에 떨어지면 꼴좋겠는데?"

"가끔 쉬기도 해야지. 판다가 보고 싶다는데, 어쩔 수 없잖아."

"그 전에 학부모 면담부터 잘해."

유토의 말에 쇼와 데쓰야는 서로 얼굴을 마주 보고 짜증 난다며 동시에 중얼거렸다.

달릴 때는 겉옷이 필요 없지만, 아카네와 걸을 때는 아무래도 겉옷이 없으면 추워서, 유토는 가방에 유니클로의 경량 패딩 점퍼를 집어넣고 사카와 공원으로 향했다. 아카네는 이미 와 있었다.

"안녕."

일부러 밝은 목소리를 내며 손을 들자, 아카네가 작게 미소 지었다. 처음 만났을 무렵에는 이런 작은 미소조차 볼 수 없었던 걸 생각하면, 그것만으로도 유토의 마음이 들떴다.

"시험은 어땠어?"

유토의 질문에 아카네가 살짝 고개를 갸웃거렸다.

"중간 때보다는 나은 것 같아."

"다행이네."

"가시와기 오빠는?"

"담임한테 잔소리 들었어."

"내가 공부 방해하는 거 아냐?"

"아니, 전혀 아니야."

유토가 고개를 절레절레 흔들자 아카네가 소리 내어 웃었다. 아카네의 표정이 평소보다 밝아 보여서 유토도 미소 지으며 물었다.

"오늘은 평소랑 좀 다르네?"

"다르다니?"

"목소리가 평소보다 기운찬 느낌이야."

아카네는 조금 놀란 표정으로 유토를 바라봤다.

"어떻게 알았어?"

"보면 알지."

"내일 아빠가 오시거든. 출장으로 다음 주 초까지 계신대. 그래서 토요일에 친구들이랑 크리스마스 선물 사러 가기로 했어. 학교 밖에서 친구들이랑 노는 거 오랜만이야. 쇼핑센터에서 쇼핑도 할거야."

"역 앞에 있는 곳?"

"응. 거기 지하에 푸드 코트가 있잖아. 별로 넓지는 않지만. 거기에 유명한 붕어빵 가게가 있거든."

"그래? 그럼, 나도 그날 한번 가 볼까?"

유토의 말에 아카네가 멈춰 섰다. 한 발 앞에서 걷던 유토도 걸음을 멈췄다. 유토는 거절당할까 불안한 마음으로 아카네 쪽을 뒤돌아봤다. 눈이 마주쳤다. 눈을 동그랗게 뜨고 유토를 올려다보던 아카네의 얼굴에 갑자기 환한 미소가 번졌다. 예쁜 미소였다.

"우연히 만나자!"

"우연히?"

"응. 딱 마주치는 거야. 어때?"

"그럼, 우리는 어떻게 아는 사이인데?"

아카네가 고민스러운 듯 고개를 기울이길래 유토가 말했다.

"초등학생 때 학원에서 알게 됐다고 할까? 작은 학원이라서, 학년이 달라도 서로 다 알고 있었던 거야."

"그거 괜찮다."

"그러면 나도 친구들 데려갈까?"

"재밌겠다."

아카네가 또 웃었다. 유토도 덩달아 입가가 느슨해졌다. 기뻤다. 그러면서도 어쩐지 가슴이 저릿했다.

아카네의 미소가 전염된 것처럼 들뜬 기분으로 집에 돌아오자,

엄마가 싸늘한 목소리로 말했다.

"겐이치 씨가 전화해서 너 찾더라."

"아빠가 나를? 무슨 일로?"

"내가 그걸 어떻게 알겠니? 전화해 달래."

"이미 시간도 늦었는데, 내일 해도 되지?"

엄마가 딱히 반대하지 않았기 때문에, 유토는 그대로 방에 들어가서 갈아입을 옷을 챙겨 욕실로 향했다.

아빠가 무슨 일로 전화했을까. 엄마나 형이 아닌 나에게 전화라니, 대체 왜?

씻고 나와서도 아빠 생각에 떨떠름한 기분이 사라지지 않았다. 그렇다면 차라리 전화해 버리면 될 테지만, 역시 그럴 마음은 들지 않았다.

"공부나 하자, 공부."

유토는 일부러 소리 내어 말하면서 사회 참고서를 펼쳤다. 엄마 앞에서는 신경 쓰지 않는 척했지만, 기말고사 결과를 보고 조금 걱정되기는 했다.

지리나 역사는 어릴 때부터 좋아하는 과목이라 문제없지만, 공민(일본의 중학교 사회 과목은 크게 지리, 역사, 공민의 세 분야로 구분되는데, 공민 분야에서는 주로 정치, 경제, 사회에 관해 배운다-옮긴이)에는 별로 흥미를 느끼지 못했다. 3학년 사회 선생님을 별로 좋아하지 않아서 그럴지도 모른다.

설명문을 눈으로 좇는데, 문득 의문이 들었다. 기본적 인권의 존중이 헌법의 세 가지 원칙 중 하나라고 하는데, 결국 그게 무슨 뜻일까. 그리고 평등권이 헌법에 보장되어 있다고는 하지만, 막상 주위를 둘러보면 지금 사회가 정말로 평등하다는 생각은 도무지 들지 않았다.

1989년에는 아동의 권리에 관한 협약이 유엔에서 채택되었는데, 실제로 아이들에게 어떤 권리가 있는 걸까. 생존권이나 교육받을 권리 등이 머리에 떠올랐지만, 현실에는 학대나 방임, 빈곤 등으로 생존을 위협받는 아이들도 있었다. 아이들의 세계도 평등하다고 할 수 없었다. 아이는 부모를 고를 수 없지만, 아이의 생활은 부모의 상황에 크게 좌우됐다.

아카네의 집은 가난하지 않지만, 어머니가 아프셔서 이런저런 집안일을 해야 한다. 아카네는 공부할 시간이 없다고 했다. 그건 교육받을 권리를 침해받고 있는 거 아닐까. 애초에 왜 아카네가 그렇게 힘든 일을 겪어야 하는 걸까.

그런 생각을 하다 보니 유토는 공연히 화가 치밀어 올랐다. 세상 따위, 불공평하다.

왜 잘사는 집과 그렇지 않은 집이 있을까. 왜 환자가 있어서 힘든 집과 그렇지 않은 집이 있을까. 우리 집 형편이 힘든 건 내 탓이 아니고, 아카네의 어머니가 아프신 것도 아카네 탓이 아닌데.

세상이 불공평하다고 생각한 적은 지금까지도 종종 있었다. 주로 형과 비교당했을 때 그렇게 느꼈었다. 하지만 지금까지와는 다른 분노가 유토의 마음속에 소용돌이쳤다. 이 마음을 대체 어디에, 누구에게 털어놓아야 하는 걸까.

다음 날에도 아빠에게 전화하지 않았더니, 열 시 넘어서 아빠한테 전화가 왔다.

"아마 겐이치 씨일 테니, 네가 받으렴."

전화가 울리자 엄마가 그렇게 말해서 어쩔 수 없이 수화기를 들었더니, 아니나 다를까 아빠에게서 걸려 온 전화였다.

"어이, 잘 지내지?"

"무슨 인사가 그래?"

"너한테 줄 게 있는데, 다음 주쯤 어떠냐?"

"…나, 수험생인데."

"알고 있어. 휴식도 중요하잖아. 역 앞에 있는 쇼핑센터 푸드 코트에서 보자."

아빠는 일방적으로 날짜와 시간을 지정하고 전화를 끊었다.

"누가 간대?"

유토는 그렇게 중얼거리고 수화기를 내려놓았다.

아빠가 지정한 장소에는 이틀 뒤 토요일에 갈 예정이었다. 아카네와 '우연히' 만나기 위해서. 아카네에게는 친구들과 함께 가겠다고 했다. 유토는 쇼를 부를 생각이었는데, 아직 말은 꺼내지 않왔다. 만일 사정이 여의찮으면, 그건 그때 생각하면 된다.

　점심시간, 유토는 쇼를 붙잡고 물었다.

　"혹시 내일 점심때 만날 수 있어?"

　"만나자고? 어디서?"

　"히가시고 입시 대책이랄까, 정보 교환 좀 하자. 서점도 좀 들르고. 쇼핑센터 푸드 코트, 오래 있을 수 있대."

　"남자 둘이서 보자고?"

　여자랑 만날 예정이라고 하면 쇼는 흔쾌히 가겠다고 할지도 모른다. 하지만 그렇게 말할 수는 없었다.

　"나는 갈 수 있어."

　그때 데쓰야가 이야기에 끼어들었다.

　"어?"

　"크리스마스 선물 사야 하거든."

　"여자친구 선물?"

　"그건 이미 샀고, 동생 줄 거."

　"동생?"

　"응. 부럽다니까. 막내라고 다들 어찌나 예뻐하는지."

　데쓰야의 남동생은 아마 4학년일 것이다. 종종 이야기하는 걸 보면 형제 사이는 좋은 모양이었다. 경제적인 걱정도 없고, 여자친구도 있고, 가족 사이도 화목하다. 이런 녀석을 두고 다 가진 사람이라고 하는 거겠지. 아니, 표면적인 것만 보고 판단하면 안 된다고 생각을 고쳐먹었다. 그래도 막내라고 다 귀염받는 건 아니라고 말하고 싶었지만, 꾹 참고 유토는 말했다.

"그러면 한 시쯤에 볼까?"

그러자 쇼도 응했다.

"그럼, 나도 갈래."

역 앞에 있는 복합 쇼핑센터는 지상 6층 지하 1층짜리 빌딩이었다. 안에는 식료품점부터 옷 가게, 서점, 음반 가게 등 다양한 점포가 입점해 있었다. 지하는 푸드 코트인데, 햄버거 가게와 카페, 우동 가게 등이 늘어서 있었다.

쇼핑센터 입구에서 만난 유토와 친구들은 일단 완구 매장으로 향했다. 데쓰야가 동생을 위해 고른 선물은 겐다마(일본의 목제 장난감. 길이 약 15센티미터의 검 모양 자루에 연결된 실 끝에 구멍 난 공이 달려 있는데, 이를 휘둘러 자루 끝에 꽂아 넣거나 넓적한 접시 부분에 올리면서 논다─옮긴이)였다.

"내가 쓰던 걸 줬는데, 낡아서 끄트머리가 닳았더라고. 학교에서 유행하는지 지금 푹 빠졌어. 이제 나보다 잘하더라."

데쓰야가 웃으면서 말했다.

"그거 자격증 같은 거 있지 않아?"

"응. 시험 볼 생각인가 봐."

"너도 동생한테 선물 받아?"

"에이, 무슨. 부모님한테만 받아."

"너는 올해 부모님한테 뭐 받기로 했어?"

쇼가 물었다.

"부모님이 알아서 정하셔."

"아, 따로 요구 안 하는구나. 나는 휴대폰 받기로 했어."

쇼가 씨익 웃었다. 그러고 보니 쇼는 전부터 휴대폰을 갖고 싶어 했었다. 같은 반 애들도 이미 절반 이상 휴대폰을 가지고 있었다. 학교에 가져오는 건 원칙적으로 금지되어 있었지만 몰래 가져오는 애들도 있는데, 데쓰야가 방과 후에 슬그머니 휴대폰을 꺼내는 모습을 본 적도 있었다.

"유토 너는?"

"휴대폰은 고등학생이 되면 사 주겠대. 형도 그랬고."

아마 크리스마스 선물로 뭘 받냐는 질문이었겠지만, 유토는 일부러 엉뚱한 대답을 했다.

푸드 코트에 도착한 일행은 패스트푸드점에서 음료만 사서 4인용 테이블에 앉았다. 알리바이용으로 가져온 시험정보지를 펼친 유토는 적당히 말을 꺼냈다.

"히가시고 경쟁률, 꽤 높네."

"넌 여유롭잖아."

순간 어떻게 반응해야 할지 고민됐다. 솔직히 시험 자체는 별로 걱정되지 않았다. 만일 이치고를 지망했다면 이렇게 여유 부릴 수는 없었을 것이다. 하지만 그렇게 말할 수는 없어서 유토는 짧게 대답했다.

"아니야, 기말 성적도 안 좋았고."

"그래도 우리보단 낫잖아."

애매하게 웃으며 손을 내저은 유토는 주위를 살폈다. 아카네 일행은 언제 오려나.

"데쓰야, 너 여자친구한테 뭐 주는데?"

"남한테 그런 걸 어떻게 말하냐?"

"쳇, 너 히죽거리는 거 열 받아."

쇼가 그렇게 말했을 때였다.

"앗! 가시와기 오빠?"

조금 새된 목소리가 들렸다. 뒤돌아보니 조금 떨어진 곳에 아카네가 서 있었다.

"아, 도미자와. 엄청 오랜만이다."

유토도 깜짝 놀란 척하며 말했지만, 국어책 읽듯이 딱딱한 말투였을지도 모른다. 아카네 뒤에는 여자애 두 명이 누군지 궁금하다는 듯 유토 일행을 보고 있었다.

"누구야?"

쇼가 유토의 귓가에 대고 물었다.

"아, 그, 초등학생 때 같은 학원이었던 도미자와랑…"

"아, 저희는 사카와중 2학년이에요."

아카네는 생긋 웃으며 쇼를 바라봤다. 쇼가 왜인지 희미하게 얼굴을 붉히며 말했다.

"우리는 미도리중 3학년이야."

아카네는 테이블 위에 펼쳐 둔 시험정보지에 시선을 멈췄다.

"혹시 히가시고 지망하세요? 저희도 그렇거든요. 그치, 히요리 너도 히가시고 지망이잖아."

"아, 응."

아카네의 뒤에 서 있던 키 작은 여자애가 대답했다.

"그럼, 내후년엔 나나 가시와기랑 같은 학교일 수도 있겠다. 나는 니카와 쇼라고 해. 얘는 나카이 데쓰야고, 도쿄에 있는 사립고 지망이야."

쇼는 그렇게 말한 다음, 앉아서 이야기하자는 듯 옆 테이블에서 의자를 두 개 빼 왔다.

"저희 잠시 붕어빵 좀 사 올게요."

아카네가 밝은 목소리로 말하며 재킷을 의자에 걸어 두자, 다른 두 사람도 마찬가지로 의자에 코트를 놓고 종종걸음으로 붕어빵 가게 쪽으로 향했다.

"애들 귀엽네."

데쓰야의 말에 곧장 쇼가 반응했다.

"야, 너는 자격 없다."

"멍청아, 그런 뜻 아니거든?"

"설마 이런 데서 아는 사람을 만날 줄은 몰랐네."

유토는 시치미 떼며 말했지만, 자신이 듣기에도 부자연스럽게 느껴졌다. 다행히 쇼와 데쓰야는 순순히 유토의 설명을 믿은 모양이었지만.

잠시 후, 웃음소리를 내며 세 사람이 가벼운 발걸음으로 돌아왔다. 이러고 있으니 아카네는 그냥 아무 걱정 없는 여중생으로 보였다. 유토는 그래서 더 마음이 아팠다.

아카네의 친구 중 키가 작고 단발머리에 안경을 쓴 아이의 이름은 요코야마 히요리였다. 키가 크고 반곱슬 쇼트커트 머리를 한 아이는 히사마쓰 모모코라고 했다.

"여기는 뭐 하러 왔어?"

유토의 질문에 아카네가 고개 숙이고 작게 웃었다.

"크리스마스 선물 사러 왔어요."

히요리가 또박또박 대답했다.

"괜찮은 거 있었어?"

"음…. 오늘 대충 보기는 했는데, 나중에 다시 오려고요."

"그런데 히가시고 지망이라니, 머리 좋으신가 봐요."

"에이, 진짜 머리 좋은 놈들은 이치고에 가지. 그리고 너희도 히가시고 노린다면서."

"아니에요. 그냥 희망 사항이죠. 거기는 학교 분위기가 자유롭

다길래…."

히요리가 말을 마치자, 곧장 모모코가 말을 이었다.

"저는 농구 잘하는 학교에 갈 거예요."

"너, 농구부야?"

"네."

"너희 학교 농구부, 꽤 강하지 않아?"

데쓰야의 말에 모모코가 기쁜 듯이 웃었다.

"모모코가 새 주장이에요."

그렇게 말한 아카네는 왜인지 유토를 보고 생긋 웃었다.

"난 테니스부였어."

"와, 정말요?"

"데쓰야는 지금 테니스부 후배랑 사귀는 중이야."

쇼의 폭로에 데쓰야가 조금 싫은 표정을 지었다.

"사귀는 사람이 있다니, 부럽네요. 저는 키가 커서 남자애들이 별로 안 좋아하거든요."

"왜? 멋있는데. 패션모델도 다 키 크잖아."

모모코의 투덜거림을 들은 데쓰야가 바로 위로의 말을 건넸다. 이런 점이 여자와 잘 사귀는 비법이구나 하고 유토는 내심 감탄했다.

"아카네랑 히요리는 남자친구 없어?"

쇼가 질문했다. 약삭빠르게 친한 척 말을 거는 쇼에게 유토는 조금 짜증이 났다. 유토는 지금도 아카네를 도미자와라고 부르는데….

"갖고 싶기는 한데, 없어요. 니카와 오빠는요?"

히요리는 그렇게 되물으면서 유토를 힐끔 쳐다봤다.

"나는 전혀 인기 없어. 밸런타인데이 때도 우정 초콜릿밖에 못 받아 봤고. 데쓰야는 이번에 여자친구랑 도쿄에 놀러 간대."

"부럽다. 얘들아, 우리도 다음에 놀러 가자."

"나도 같이 가고 싶은데."

익살스러운 태도로 쇼가 말하자 유토는 참지 못하고 끼어들었다.

"수험생이 가긴 어딜 가?"

그 뒤로는 그냥 실없는 대화가 이어졌다. 서로 초면에 가까운 사이라서 무리는 아니었다. 그래도 상대가 여자라는 이유만으로 쇼뿐만 아니라 데쓰야도 신이 났고, 히요리와 모모코도 즐겁다는 듯이 잘 웃었다.

쇼가 까불거리며 우스갯소리를 하고, 데쓰야가 장난스럽게 지적하며 쇼를 놀렸다.

"너는 그런 말만 하니까 인기가 없는 거야."

그 모습을 본 소녀들 사이에서 또 웃음이 터졌다. 아카네도 웃고 있었지만, 진심으로 즐거워하고 있는 건지는 알 수 없었다. 그래도 유토는 아카네의 웃는 얼굴을 밝은 빛 아래서 볼 수 있다는 사실이 기뻤다. 그리고 무엇보다도 아카네에게 친한 친구들이 있다는 점을 확인할 수 있어서 다행이었다. 비록 이 아이들에게 집안 사정을 말할 수 없다고 해도.

아카네가 떠안은 사정을 아는 사람은 자신뿐이라는 사실을 생각하면 유토는 말로 표현할 수 없는 이상한 기분이 들었다. 비밀을 공유하고 있다는 특별함과 더불어 참을 수 없이 아카네가 사랑스럽게 느껴졌다.

유토는 노골적으로 아카네를 쳐다보지 않으려고 조심하면서도 때때로 살며시 모습을 살폈다. 몇 번인가 눈이 마주쳤다. 아카네의 조용한 미소를 볼 때마다 가슴이 욱신거렸다.

"맞다, 이 건물 밖에 시계탑이 있어요. 세 시부턴가 태엽 인형 공연이 있다고 했던 것 같은데, 보러 가지 않을래요?"

히요리의 제안에 쇼가 바로 응했다.

"좋아, 가자."

에스컬레이터를 타고 지상으로 올라가서 건물 밖으로 나갔다. 반원형 광장에는 시계를 보러 온 듯한 관객이 이미 여럿 모여 있었다. 대부분 아이와 함께 온 부모님이었다.

잠시 후, 세 시를 알리는 종소리가 울리자 시계 문자판이 크게 회전하면서 오르골 멜로디에 맞춰 움직이는 게 보였다.

"음악대인가 봐요."

모모코의 말대로 각각의 인형은 북을 치거나 피리를 부는 동작을 하면서 천천히 회전했다. 이번에는 옆쪽 문이 열리고 안에서 말에 탄 기마대가 앞으로 나왔다.

"말이다!"

어린 여자아이의 들뜬 목소리가 들렸다. 그 순간 또 아카네와 눈이 마주쳤다. 유토는 저도 모르게 미소 지었다.

이윽고 인형들이 나올 때와 반대 순서로 차례차례 들어가자, 시계탑은 원래의 문자판으로 돌아갔다. 그와 동시에 모였던 사람들이 하나둘 흩어졌다.

"뭔가 좀 어설프지 않아?"

쇼가 웃으면서 소녀들을 바라봤다.

"그래도 나름 재밌었어요."

히요리의 말에 아카네와 모모코가 고개를 끄덕였다.

"응. 다음에 동생 데리고 와야겠어."

데쓰야도 그렇게 말하며 웃었다.

"저희는 이제 슬슬 집에 가야겠어요."

세 명을 대표하듯이 모모코가 말했다.

"우리는 밑에서 조금 더 있다가 갈까?"

데쓰야의 말에 일행은 남녀 세 명씩 마주 보는 듯한 형태로 섰다.

"그럼, 다들 시험 힘내세요."

"응. 히요리랑 아카네는 히가시고에서 만나자!"

쇼가 요란하게 손을 흔들며 말했다.

세 명이 돌아간 뒤, 유토와 친구들은 다시 푸드 코트로 돌아왔다. 쇼와 데쓰야는 콜라를 샀지만, 유토는 아무것도 사지 않았다.

"난 별로 목 안 말라서."

그렇게 말했지만, 사실은 돈이 아까웠기 때문이었다.

"착한 애들이었지? 다들 성격도 밝고."

데쓰야의 말에 답하듯이 고개를 끄덕인 쇼가 물었다.

"그래서 너희는 누가 마음에 들었어? 나는 아카네."

그러고 보면 쇼는 아카네에게 제일 많이 말을 걸었다.

"어쩌다 한 번 마주친 거잖아."

유토는 일부러 그렇게 말했다. 하지만 마음 한편으로는 죄책감을 지울 수 없었다. 유토의 목적은 아카네와 만나는 거였다. 혼자나오기 부끄러워서 쇼와 함께 오려고 했고, 결과적으로 데쓰야도따라왔다.

"그런데 걔는 가시와기만 쳐다보더라."

데쓰야의 말에 쇼가 부루퉁해졌다.

"에이, 뭐야."

유토는 간담이 서늘했다. 다행히 데쓰야는 자신의 옆에 앉아 있었으니, 유토가 어디를 보고 있었는지 몰랐을 것이다. 만일 그렇지 않았다면, 유토의 시선 역시 아카네만 좇고 있었던 사실을 들켰을지도 모른다.

"아는 사이라서 그랬겠지."

변명 같은 말을 내뱉은 뒤, 유토는 억지로 화제를 바꿨다.

"데쓰야, 너는 단수 지원한다고 했나? 대학 부속고 맞지?"

"응. 도쿄에 있는 곳인데, 아마 붙을 것 같아. 일단 들어가기만

하면 걱정 끝이야. 웬만하면 대학도 갈 수 있다더라."

"우리 집은 별로 여유가 없어서, 대학도 국립 노려야 하거든."

유토가 중얼거렸다. 이윽고 화제는 입시에서 다른 주제로 옮겨 갔지만, 다시 아카네 일행의 이야기가 언급되는 일은 없었다.

9

새로운 한 주가 시작되는 월요일은 차가운 북풍이 부는 겨울 날씨였다. 밤 아홉 시, 사카와 공원으로 향한 유토는 전에 없이 긴장하고 있었다.

이날 유토는 어떤 결심을 하고 있었다.

유토가 공원에 도착하자 곧장 아카네가 다가왔다. 서로 얼굴을 마주하자마자 두 사람은 환하게 웃었다. 딱 한 번 밝은 낮에 만나 이야기를 나눴을 뿐인데, 훌쩍 거리가 가까워진 느낌이었다.

"요전번엔 즐거웠어."

먼저 아카네가 입을 열었다. 여느 때보다 밝아 보이는 건, 즐거웠던 토요일의 여운 때문인 걸까. 어쩌면 아버지가 평소보다 오래 곁에 계셨기 때문일지도 모른다.

"나, 대사 말하는 게 너무 어색했어."

"아, 맞다. 히요리가 가시와기 오빠가 제일 마음에 들었대."

"니카와도 네가 마음에 든다고 그랬어."

"딱히 그런 의도로 만난 건 아닌데, 그치?"

"…어, 그렇지."

"사실, 셋이 있었을 때는 조금 힘들었거든."

"무슨 일 있었어?"

"그런 건 아닌데…."

"…괜찮아?"

"괜찮아."

아카네는 희미하게 웃었다. 아카네에게 뭔가 물어봤을 때, 괜찮다는 대답이 돌아온 적이 여러 번 있었다. 어쩌면 아카네는 괜찮다는 말이 입버릇이 된 것일지도 모른다.

"그때, 오빠 일행을 발견하고 안심했어. 친구들이랑 밖에서 노는 게 오랜만이라 그랬는지, 대화에 잘 어울리질 못했거든."

역시나 하는 마음이 들었지만, 그렇게 말할 수 없었던 유토가 가만히 있자, 아카네가 말을 이었다.

"밖에 나가니까 괜히 해방된 기분도 들고 보이는 경치도 달라서, 오히려 내 처지를 실감하게 됐어. 그래도 즐거웠다는 건 사실이야."

아카네가 모처럼 친구들과 놀고 그런 기분을 느꼈다는 사실에 안타까운 마음이 들면서, 한편으로는 솔직하게 자신의 마음을 말해 준 게 기뻤다.

재촉하듯이 턱짓을 하고 유토가 걷기 시작하자 아카네가 옆에 나란히 섰다. 바로 옆에서 아카네의 숨결이 느껴졌다. 그것만으로도 맥박 수가 올라갈 것 같아서, 유토는 의식하지 않으려고 하늘을 올려다보고 말했다.

"오늘은 바람이 세네."

바람 탓인지 밤하늘의 별들이 깜박이는 것처럼 보였다.

"이런 날은, 별이 노래하는 거야."

별이 노래한다…. 처음 아카네에게 말을 걸었던 날도 아카네는 같은 말을 했었다.

"어떤 노래일까?"

"아주 작은 오르골 소리 같은 노래. 속삭이는 것 같아서, 가만히 귀 기울여야 들을 수 있어."

실제로 노래가 들리기라도 하듯이 두 사람은 한동안 말없이 걸었다. 유토의 옆에 선 아카네는 똑바로 앞을 바라보고 있었다. 무슨 생각을 하는 걸까.

"있잖아."

유토는 천천히 말을 꺼냈다.

"응?"

아카네가 유토를 올려다봤다.

"아, 저기, 어머니는 어떠셔?"

"웬일로 아빠한테 힘들다고 화냈어."

"웬일이라고?"

"아빠가 있을 때는 엄마 상태가 더 괜찮거든."

"아, 전에 말했었지. 기운찬 엄마를 보고 싶으니 주말에는 집에 있고 싶다고. 그런데 이번에는 달랐구나."

"응. 그래도 좀 기뻤어."

"기쁘다니, 왜?"

"아빠는 평소에 엄마가 힘들어하는 모습을 별로 본 적이 없거든. 멀리 떨어져 있으니까 어쩔 수 없지만, 엄마 병을 가볍게 여기는 것 같고, 잘 모르는 것 같아서 솔직히 짜증 나."

"아버지는, 완전히 돌아오실 수는 없대?"

"앞으로 일 년 반은 무리인가 봐."

"…그렇구나."

"아빠, 좀 치사하다고 생각해."

"치사하다고?"

"선물도 사 오고, 무릎에 노도카를 앉혀서 예뻐하고 그러거든. 그런데 예뻐하는 거랑 보살피는 건 다르잖아. 나는 어쩔 수 없이 화내고 그러는데, 아빠는 응석 다 받아 주거든. 집이 어떤지 사정도 잘 모르면서."

"다들 그런가 봐. 우리 엄마도 남자는 쓸모없다고 그러던데."

아카네는 조금 웃고 나서 작게 숨을 내쉬었다.

"사실은 좀 더 엄마 상태를 알아줬으면 좋겠어. 하지만 엄마의 평소 모습 같은 걸 내 입으로 말할 수는 없어. 그러면 엄마가 불쌍하잖아."

아카네 역시 불쌍하다는 말은 집어삼켰다. 아카네는 그런 말 따위 듣고 싶지 않을 테니까.

"엄마를 좋아하는구나."

"좋아해. 그러니까 예전처럼 건강해졌으면 좋겠어."

과연 그건 가능한 일일까. 후유증은? 게다가 재발할 우려도 있다고 했었다. 그런 여러 문제를 아카네는 지금까지 혼자 떠안아 왔다. 얼마나 괴로웠을까. 하지만 그럼에도 솔직하게 부모님을 좋아한다고 말할 수 있는 아카네가 눈부셨다.

"어머니는 어떤 분이셔?"

"매사 열심히 하고, 시원시원한 성격이야. 하지만 아파서 그런지 지금은 다른 사람 같아. 그게 제일…."

아카네가 하지 못한 뒷말은 뭐였을까. 제일 슬프다? 제일 괴롭다? 그렇다면, 아니 그래서 자신이 아카네의 힘이 되어 주고 싶었다.

"있잖아, 나한테는 다 말해도 돼."

아카네가 걸음을 멈췄다. 시선이 부딪쳤다. 입술을 꾹 깨문 아카네를 바라보면서, 유토는 오늘 하려고 결심했던 말을 단숨에 내뱉었다.

"나, 아카네가 하는 이야기 다 듣겠다고 했었잖아. 그러니까 우리 사귀자."

아카네가 눈을 휘둥그레 떴다. 뭔가 말하려는 듯 입을 열었지만 나오는 말은 없었다. 그대로 한동안 두 사람은 그 자리에 못 박힌 것처럼 서 있었다.

엔진 소리와 함께 길모퉁이를 돈 차의 헤드라이트가 주변을 비추며 다가오더니 쓱 멀어져 갔다. 그 순간, 유토는 자신이 도미자와가 아니라 아카네라고 부른 사실을 깨달았다. 마음속에서는 훨씬 전부터 그렇게 부르고 있었지만, 소리 내 부른 건 처음이었다.

아카네는 희미하게 미간을 찌푸리고 중얼거리듯이 말했다.

"… 왜?"

"아카네를 좋아하니까."

좋아한다고 입 밖으로 꺼낸 순간 몸이 확 뜨거워졌다.

"좋아한다고?"

"내가 싫어?"

그럴 리 없다. 지금까지 몇 번이나 함께 밤거리를 걸었다. 분명 서로 마음은 통했을 것이다. 하지만 아카네는 괴로운 듯 얼굴을 일그러뜨렸다.

"미안."

"… 미안하다고?"

아카네는 유토의 반문에 대답하지 않은 채 걷기 시작했다. 유토도 아카네의 걸음에 맞추어 옆을 걸었다.

"가시와기 오빠는 다정하니까."

"…."

"나 같은 애랑 사귀어도 재미없을 거야."

"아니야."

"다정하게 대해 줘서 기뻤어. 하지만 우리 집 상황을 동정해서 그런 말 하는 거라고 생각해."

"동정? 그런 거 아니야."

하지만 아카네는 천천히 고개를 저었다.

"가시와기 오빠는 좋은 사람이야. 그런데 나는 아닌 것 같아. 오빠가 나한테 잘해 주고 싶어 하는 건 오빠 사정일 뿐이라는 식으로 생각해 버려. 그러니까 이제 그만 만나자."

"진심으로 하는 말이야?"

"기말 성적 안 좋았다며. 그러니까 이제…. 수험생 생활, 힘내."

아카네는 다시 멈춰 서서 유토를 향해 꾸벅 고개를 숙인 다음 그대로 뒤돌아 달려갔다.

"잠깐만…."

힘 빠진 목소리로 불러 봤지만, 아카네는 돌아보지 않았다. 유토는 왠지 그 이상 발을 움직일 수 없었다.

그날 이후로 아카네와는 만나지 않게 되었다.

아빠와 만나기로 약속한 날이 되었다. 유토는 쇼핑센터 푸드 코트에서 사회 참고서를 펼쳐 놓고 아빠를 기다렸다.

불과 며칠 전, 바로 이 장소에서 여섯 명이 즐겁게 이야기했다.

거기 아카네가 있었다. 즐겁게 웃으면서.

　동정하는 거라는 아카네의 말이 몇 번이나 되살아났다. 정말 그런 걸까. 처음 만난 날부터 지금까지를 돌아보면, 분명 처음에는 그런 마음이 있었을지도 모른다. 생각에 잠긴 아카네의 얼굴에 자신의 답답한 심정을 멋대로 겹쳐 보았다. 하지만 아카네가 떠안은 사정은 자신보다 훨씬 심각했고, 그 사실을 알게 됐을 때 힘이 되어 주고 싶다고 생각했다. 주제넘은 감정일지도 모르지만, 어떻게든 해 주고 싶었다. 하지만 그래서 계속 만난 건 아니었다. 그냥 만나고 싶었다. 얼굴을 보고 싶었다. 왜냐하면 아카네와 만나면서 유토의 마음에 소용돌이치던 분노와 응어리가 어느샌가 옅어지는 걸 느꼈기 때문이었다. 그런 이유로 아카네에게 잘해 주고 싶은 건 네 사정일 뿐이라고 한다면, 부정할 수는 없었다.

　아빠와 만나는 건 별로 마음이 내키지 않았지만, 약속했으니 어쩔 수 없다고 자신을 타이르며 유토는 약속 장소로 왔다. 그런데 약속 시간이 지나도 아빠가 나타나지 않았다.

　이러니 자기 부인한테도 미움받는 거라고 유토는 속으로 투덜댔다.

　참고서의 아동권리협약 부분에는 형광펜이 그어져 있었다. 외우기 위해서는 아니었다. 신경 쓰였기 때문이었다.

　짧게 숨을 내쉬고 참고서를 덮었을 때였다.

　"어이."

머리 위에서 들린 목소리에 고개를 들자, 오랜만에 보는 아빠의 얼굴이 눈에 들어왔다. 저도 모르게 표정이 딱딱하게 굳었다.

"늦었어."

"아직 십 분도 안 지났는데, 뭘."

아빠가 맞은편 자리에 털썩 앉았다. 어중간하게 자란 머리는, 엄마라면 분명 칠칠찮다고 할 것 같았지만, 의외로 잘 어울렸다. 짧은 패딩 점퍼에 청바지를 입은 아빠는 중학생인 유토와 별 차이 없는 차림이었다. 그리고 보면 아빠가 양복을 입은 모습은 별로 본 기억이 없었다. 묘하게 젊어 보이는 아빠의 차림과 그게 썩 어울린다는 사실이 짜증 나서, 유토는 그만 퉁명스러운 말투로 말을 내뱉었다.

"그래서, 할 말이 뭔데? 나 수험생이라 바쁘거든."

"그렇게 재촉하지 말고, 일단 밥부터 먹자."

"초밥이라도 사줄 거야?"

"그럴 돈은 없지."

한심한 표정을 지으며 아빠가 웃었다. 결국 점심은 햄버거와 감자튀김, 음료수 세트였다.

"시험은 언제냐?"

"2월 14일일걸?"

"밸런타인데이구나. 공립치고는 꽤 빠른 편이네. 나 때는 2월 말이었는데."

"장소도 달라."

아빠는 도립 고등학교에서 도쿄에 있는 사립대로 진학한 뒤, 그곳에서 엄마와 만났다고 했다.

"이치고는 포기했다며?"

"애초에 이치고 간다고 한 적도 없어. 그래서, 할 말이 대체 뭔데?"

"아빠가 아들하고 만나는데, 무슨 이유가 필요하냐?"

"나오토한테도 그렇게 말할 수 있어?"

"그놈은 너무 고지식하잖아."

"우리 집안의 기대주시지."

"비꼬지 마."

아빠가 가볍게 던진 말에 화가 치밀어 올랐다.

"비꼬는 거 아니야. 사실이잖아. 나오토한테 도쿄대 가라고 할 때는 언제고?"

"당연히 농담이지. 도쿄대 나와도 별 볼 일 없는 놈들이 가스미가세키(일본 도쿄 지요다 구에 위치한 관청가 지역-옮긴이) 근처에 널려 있는데."

아빠가 히죽거리면서 웃었다.

"어쨌든, 할 말이 뭔데?"

"곧 크리스마스인데, 뭔가 갖고 싶은 거 없어?"

"휴대폰. 요금도 내주는 걸로."

"휴대폰이라…."

"다 갖고 있어."

"다가 누군데? 적당히 뭉뚱그리지 말고."

"아, 진짜! 같은 반이나 학원 친구들 말이야."

"그래?"

팔짱을 끼고 생각에 잠긴 아빠의 모습에 유토는 조금 미안한 마음이 들었다.

"됐어. 필요 없으니까, 그냥 생활비나 제대로 보내 줘."

"너도 귀여운 맛이 없어졌구나."

아빠가 웃으면서 말했다.

"나, 고등학교 가면 아르바이트 할 거야. 휴대폰비 정도는 내가 어떻게든 해 봐야지."

"나오토는 아르바이트 안 하나?"

"엄마가 할 필요 없다고 했어. 우등생은 힘드니까."

"그래? 하긴 나오토는 너랑 다르게 자랑스러운 아들이니까."

아빠가 씨익 웃었다. 열 받지만, 부정할 순 없었다. 그래서 일부러 심술궂은 질문을 던졌다.

"나오토는 엄마를 닮았으니까 그렇지. 그것보다 아빠는 대체 왜 엄마랑 결혼한 거야?"

"갑자기 뭐 그런 질문을 하냐?"

"이렇게 따로 살 거면 처음부터 결혼 따위 안 하는 편이 좋았잖아."

"결혼할 때는 이렇게 될 줄 몰랐지. 다만, 이것만큼은 꼭 말해 두고 싶은데, 다른 여자랑 가까워져서 요코… 너희 엄마랑 사이가 나빠진 건 아니야. 뭐, 변명이지만."

"변명인 걸 알면, 처음부터 말하지 마."

말이 툭툭 튀어 나갔다. 지금까지 아빠와 이런 식으로 대화한 적이 있었던가. 아니, 전에는 좀 더 말수가 적었었다. 지금 자신은, 아마 엉뚱한 분풀이를 하는 거였다. 하지만 비록 서로 헐뜯는 내용에 가까운 것이라 해도 가족과 이렇게 캐치볼처럼 대화를 주고받는 건 오랜만이었다.

"변명이라는 건, 말하라고 있는 거야."

"완전 궤변이네. 그러면 대체 이유가 뭔데? 엄마는 여자 때문이라고 생각하는 거 같던데?"

"꼬맹이 주제에 그런 노골적인 말투로 말하지 마. 뭐, 확실히 내 쪽이 나쁜 건 맞는데, 사람과 사람의 관계라는 게 그렇게 간단하지 않거든. 서로 미워하면서도 떨어질 수 없는 부부도 있단 말이야. 한 가지 확실한 건, 적어도 우리는 서로 미워하고 있지는 않아."

인간관계는 그렇게 간단히 딱 자를 수 있는 게 아니라고 하니 맞는 말 같기는 한데, 어쩐지 두루뭉술 넘어가는 듯한 느낌이 들었다.

"…엄마가 나보고 점점 아빠 닮아 간다면서 싫다는 듯이 말했어. 진짜 짜증 나."

"그래? 그런데 안타깝게도 넌 나랑 닮은 구석이 있어."

"닮았다니?"

"너는 나오토랑 달라서 현실주의자는 못 될 거야. 나오토는 목적을 위해서라면 냉철해질 수 있거든. 아키타에 계신 할머니가 그러셨잖아. 너는 다정한 아이라고."

아키타에 계신 할머니는, 친할머니가 아니라 외할머니다.

"지금 본인이 다정하다고 말하는 거야?"

"물론이지. 요코도 내 다정한 점이 좋다고 했어. 아키타에 계신 할머니도 그러셨고. 할아버지는 우리 결혼을 반대했었지만."

아빠가 또 히죽 웃었다.

"다정한 게 무슨 소용이야. 그렇다고 수험생 생활을 이겨 낼 수 있는 것도 아닌데. 세상은 불공평해."

"확실히 불공평하긴 하지. 가난한 집 아이랑 부잣집 아이는 받을 수 있는 교육부터 다르니까."

"평등해야 하는 거잖아. 이상해."

"어른들이 제대로 못 해서 그런 거야. 나를 포함해서."

"가족 중에 환자가 있는 것도 애들 책임이 아니잖아."

"그런 경우도 있지. 저출산 문제로 앞으로는 더욱더 고령화사회가 될 테니 치매 가족을 돌봐야 하는 가정도 늘어날 거고, 아이들한테도 영향이 가겠지."

또 아카네의 얼굴이 떠올랐다. 정말로, 이제 더는 만날 수 없는 걸까….

"뭐야, 왜 그래? 갑자기 입을 꾹 다물고."

"사는 거 너무 귀찮아."

"열다섯 살밖에 안 된 꼬맹이가 무슨 소리를 하는 거야?"

"아직 열넷이거든? 아들 생일 정도는 기억해 둬."

"맞다. 너, 3월생이었지. 그래도 말이다, 유토. 귀찮아도 살아야지 어쩌겠냐. 그러니 어떻게 살아갈지를 생각해. 너답게 살아가면 되는 거야."

"나답게 사는 게 어떤 건지 어떻게 알아. 그러면 아빠처럼 되지는 말라는 소리야?"

"너는 나랑 다르게 다정하니까 괜찮을 거야."

"아까는 아빠도 다정하다며?"

"다정함이 잘못된 경우도 있거든."

그렇게 말한 아빠는 주머니에서 봉투를 꺼냈다.

"받은 건데, 이거 너 주마."

"설마 돈… 은 아니겠고."

유토가 그렇게 말하면서 봉투를 열자, 그 안에는 도서 카드가 들어 있었다. 3천 엔짜리 카드 두 장이었다.

"책 읽어. 쓸데없어 보이는 책도 괜찮으니까."

"입시 끝나면 읽을게."

"히가시고는 좋은 학교야. 그럼, 또 보자."

아빠는 그렇게 말하고 자리에서 일어나 빠른 걸음으로 떠났다.

"뭐야, 자기가 먹은 건 치우고 가야 할 거 아냐."

유토는 투덜대면서 두 사람분의 식기를 정리한 다음 쟁반을 반납하러 갔다.

이상하게도 아빠와 만나고 유토의 마음은 조금이나마 가벼워졌다. 아빠는 히가시고가 좋은 학교라고 했다. 그렇다면 실수로라도 떨어지는 일이 없도록 조금 더 제대로 공부하자고 유토는 스스로를 타일렀다.

집에 돌아온 유토는 도서 카드 한 장을 형에게 건넸다.

"책 읽으래."

형은 말없이 도서 카드를 받아 들었다.

10

유토는 여전히 달리기를 했다. 하지만 사카와 공원에 아카네가 나타나는 일은 없었다. 혼자 그네 앞에 설 때면 입안에 씁쓸함이 퍼졌다. 어쩌면 자신이 아카네의 소중한 휴식 시간을 빼앗아 버린 건 아니었을까.

학부모 면담 때, 담임은 엄마를 보자마자 웃는 얼굴로 물었다.

"나오토는 잘 지내나요?"

엄마도 덩달아 미소 지으며 대답했다.

"나오토 때는 신세 많이 졌습니다."

담임은 나오토의 담임을 한 적이 없다. 당연히 신세를 진 일 따위 없었을 테니, 엄마의 말은 그냥 인사치레였다. 두 사람의 대화는, 요컨대 나오토가 얼마나 귀여움받는 학생이었는지에 대한 반증이었다.

"사실 저는 유토도 이치고를 목표로 해 줬으면 했거든요. 조금만 더 노력하면 갈 수 있을 텐데, 참 아쉬워요….."

"본인이 결정한 일이니까요."

담담하게 고한 어머니에게 담임은 왠지 별다른 이야기를 하지 않았고, 면담은 순식간에 끝났다.

복도로 나오니 쇼가 어머니와 함께 순서를 기다리고 있었다. 유토는 꾸벅 고개 숙여 인사한 다음 엄마에게 말했다.

"내 친구 니카와야."

"가시와기 유토의 엄마입니다. 유토가 늘 신세 지고 있습니다."

"어머, 아니에요. 신세는 저희 애가 더 많이 지고 있죠. 유토라면 당연히 이치고에 갈 줄 알았는데…."

당황한 쇼가 헛기침했지만, 쇼의 어머니는 개의치 않았다.

"유토, 앞으로도 쇼랑 친하게 지내 주렴."

쇼가 옆에 있는 자신의 어머니를 보고 입 모양으로 '바보'라고 하는 모습을 본 유토는 저도 모르게 풋 웃어 버렸다.

한 번 더 가볍게 머리를 숙인 뒤 유토와 엄마는 밖으로 향했다.

"좋은 친구구나."

엄마가 불쑥 말했다. 뭘 보고 좋은 친구라고 하는지는 알 수 없었지만, 쇼가 좋은 친구인 건 틀림없었다. 만일 쇼와 같은 반이 아니었다면, 친구가 많은 편이라고는 할 수 없는 유토는 자칫 고립되었을지도 몰랐다. 그런 쇼와 데쓰야와 함께 쇼핑센터 푸드 코트에서 아카네 일행과 보낸 시간이 왠지 먼 옛날 일처럼 느껴졌다.

그날의 기억을 떨쳐내듯 유토는 고개를 휘휘 저었다.

"왜 그러니?"

엄마가 의아한 얼굴을 했다.

"아무것도 아니야."

지금은 공부에만 전념하자고 유토는 스스로를 타일렀다.

영어와 수학, 그리고 국어는 걱정 없었다. 사회 과목이 약하다는 생각에 학원 문제집을 펼쳤지만 제대로 머리에 들어오지 않았고, 문득 정신을 차리고 보면 아카네의 얼굴만 떠올리고 있었다. 벌써 며칠이나 아카네를 보지 못했다. 작게 한숨을 내쉰 유토는 머리를 휘휘 젓고 다시 문제집에 집중했다.

입시가 가까워진 탓인지, 교실에는 점심시간에도 공부하는 학생이 적지 않았다. 유토도 이과 문제집을 풀고 있었다.

"무슨 일 있어?"

목소리에 고개를 돌려 보니 쇼가 서 있었다. 쇼는 빈 앞자리 의자에 뒤를 보고 걸터앉았다.

"무슨 일이라니?"

"한숨 쉬던데."

"내가?"

"두 번이나 쉬었어. 정신이 딴 데 팔린 사람 같아."

"그냥, 시험이 지겨워서."

"넌 걱정할 필요 없잖아."

"진짜 그랬으면 좋겠다."

"다른 이유가 있는 거지?"

유토는 저도 모르게 쇼의 얼굴을 응시했다. 평소와 같이 부드러운 미소였지만, 시선은 똑바로 자신을 향하고 있었다. 쇼의 시선을 피하면서 유토는 중얼거리듯이 말했다.

"다른 이유라니?"

"설마 상사병?"

"뭐야, 그게."

유토는 웃어넘기려고 했지만, 입가가 딱딱하게 굳었다.

"뭘 그렇게 진지하게 받아들이냐?"

"…나, 역시 차인 걸까."

돌연 그런 말이 흘러나와 유토는 당황했다. 대체 무슨 소리를 하는 건지….

쇼는 얼빠진 얼굴로 유토를 쳐다봤지만, 그 이상 아무 말도 하지 않았다.

방과 후, 교문을 나서자마자 쇼가 추궁했다.

"아까 한 말, 설마 지난번에 만났던 애 이야기야?"

"무슨 소리야?"

"차였다며."

"농담한 거야. 개랑은 상관없어."

쇼는 짧게 숨을 내쉬었다.

"너, 그런 부분 좀 섭섭해."

"뭐?"

"오늘뿐만이 아니야. 무슨 일 있었나 싶을 때도 너는 절대 말 안 해 주더라."

유토는 저도 모르게 걸음을 멈추고 쇼를 쳐다봤다.

"저번에 본 애, 데쓰야도 그랬잖아. 유토 너만 보고 있었다고."

"…사귀자고 했어. 우리 다 같이 만난 뒤에. 그런데 내가 자길 동정하는 거래."

"그게 무슨 말이야?"

"걔네 어머니가 아프시거든. 집안일이나 여동생 보살피는 일로 많이 힘들어."

쇼가 미간을 찌푸리고 한숨을 내쉬었다.

"그래서 그랬구나. 그 애, 밝게 행동하는데 뭔가 위화감이 느껴졌거든."

쇼의 말에 유토는 한 대 맞은 듯한 기분이 들었다. 쇼가 그렇게 느꼈을 줄은 몰랐다. 그날 쇼가 유독 말이 많고 들떠 보였던 건, 설마 일부러 그렇게 행동했던 걸까.

"그러니까 이미 끝난 이야기야. 그런 것보다 이제 곧 시험이니까 집중해야지."

유토는 이 이야기는 이제 끝났다는 듯 화제를 바꾸려고 했다. 하지만 쇼는 여전히 사나운 표정으로 유토를 바라보고 있었다.

"이런 말은 좀 그렇지만, 너 각오가 부족했던 거 아냐?"

"뭐?"

"물론 나도 지금까지 한 번도 여자친구를 사귄 적 없지만, 사귄 다고 하면 같이 놀러 나가거나 손을 잡거나 하는 것처럼 보통 즐거운 일을 떠올리잖아. 하지만 부모님이 아프시면 그런 일은 생각할 여유가 없을 거야."

갑자기 아카네가 한 말이 생각났다.

— 나 같은 애랑 사귀어도 재미없을 거야.

"그런 건 알고 있어."

"정말로 안다고 할 수 있어? 나는 할머니가 아픈 거로도 우리 집이 무너진다고 생각하기도 했어. 친구들이랑 노는 건 뒷전이고, 그러다 보면 대화도 안 통하게 되고."

"그러니까 누군가랑 사귀고 있을 때가 아니니까 상관하지 말라고?"

유토가 그렇게 따지자, 왠지 쇼는 울컥한 표정을 지었다.

"너, 내 생각보다 더 바보구나? 그 애 좋아하잖아."

"…"

"네 마음이 어떤지 잘 생각하란 말이야. 그래서 정말로 좋아한다는 생각이 들면, 뭘 할 건지도. 그때 보니까 학교 친구들은 아무것도 모르는 거 맞지? 그런데 너한테는 말해 준 거잖아. 동정이란 소리 들었다고 그냥 물러날 거야?"

타이르는 듯한 쇼의 말에 유토는 반쯤 반발심을 느끼면서도, 어쩐지 코끝이 찡해졌다. 그것을 얼버무리듯이 유토는 말했다.

"…너는 할머니 돌본다고 애들이랑 대화 안 통하게 됐어도, 따돌림 같은 건 안 당했지?"

유토의 질문에 쇼는 유쾌하게 웃으며 말했다.

"내가 인간관계가 좀 원만하잖아. 그럼, 내일 보자."

"그래."

마침 갈림길이었다. 가볍게 손을 들어 인사한 쇼는 잰걸음으로 달려갔다.

크리스마스 이틀 전, 아키타의 할머니에게서 소포가 왔다. 수신인에는 나오토와 유토의 이름이 잇따라 적혀 있었다. 소포 안에는 나오토 앞으로는 작은 봉투가, 유토 앞으로는 상자에 담긴 물건이 들어 있었는데, 둘 다 크리스마스 느낌이 나는 포장지에 싸여 리본이 붙어 있었다.

"열어 보렴."

엄마의 말에 나오토가 먼저 봉투를 열자 상품권이 나왔다.

"갖고 싶은 거 사래."

형은 상품권이고 자신은 아니라니, 왠지 아이 취급당한 기분이었다. 옛날부터 아키타의 할머니만큼은 형과 공평하게 대해 줬었는데⋯. 무심코 원망스러운 마음이 들었다.

"너도 열어 봐."

나오토의 말에 유토는 마지못해 포장지를 풀었다. 안에서 나온 건 휴대폰이었다.

"엄마도 참 무슨 생각인지⋯. 입시가 코앞인데."

엄마가 눈살을 찌푸리며 중얼거렸다. 유토는 저도 모르게 고개를 갸웃거렸다. 유토가 휴대폰이 갖고 싶다고 말했던 건 아빠였다.

유토는 방에 들어가서 할머니의 편지를 읽었다.

　유토에게

　겐이치가, 네가 휴대폰을 갖고 싶어 한다고 하더구나. 나는 잘 몰라서 류지에게 골라 달라고 했는데, 충전만 하면 바로 쓸 수 있게 해 두었다. 3월까지는 통신비도 내가 내줄 테니 걱정하지 말거라. 시험 잘 보렴.

류지는 대학생인 사촌 형의 이름이었다.

유토는 아빠가 외할머니와 연락하고 있다는 점에 놀랐고, 또 한편으로는 역시 아빠에게 직접 휴대폰을 사 줄 만한 여유는 없는 모양이라는 사실에 실망했다.

"바보 아빠. 꼴사납다고."

휴대폰을 갖게 된 건 순수하게 기뻤다. 당연히 형의 휴대폰보다 새 기종이었고, 세련된 검은색에 케이스도 검은색인 데다가 보호 필름까지 붙어 있었다. 석연치 않은 부분은 있었지만, 휴대폰 자체는 마음에 들었다. 게다가 이걸로 쇼에게 뒤처지지 않을 수 있게 되었다. 그뿐만 아니라, 크리스마스에 선물을 받을 거라던 쇼보다 유토가 조금이나마 빨리 휴대폰을 손에 넣게 된 것이었다.

유토는 얼른 충전하고 전원을 켰다. 자신의 휴대폰을 가진 적은 없었지만, 검색한다고 엄마 휴대폰을 빌려 쓴 적은 있어서 조작법은 대충 알고 있었다.

아직 텅 빈 휴대폰이었다. 연락처에 아무도 등록되어 있지 않고, 메신저를 할 상대도 없었다.

문득 아카네는 휴대폰을 가지고 있을지 궁금해졌다. 이제 와서는 아무 소용 없는 일이지만…. 그런데도 유토는 무심코 인터넷으로 지주막하출혈을 검색했다. 아카네의 어머니가 겪은 병이었다. 운동장애, 감각장애, 언어장애… 아카네의 어머니는 반신에 마비가 남았고, 감정이 불안정해지기도 하는 것 같았다.

당연하게 해 오던 일을 할 수 없게 된다. 그게 얼마나 힘든 일인지 유토는 알지 못했다. 다만, 이 년 전에 왼쪽 손목을 삐었을 때가 새삼 생각났다. 처음에는 다친 게 발이 아니라 다행이라고 생각했느는데, 실제로는 짧은 기간이었지만 여러모로 불편했고, 주로 쓰는 손이 아닌데도 상당히 답답했었다. 처음 아카네에게 어머니의 병 이야기를 들었을 때는, 자신이 다쳤던 일과 관련짓는 일조차 할 수 없었다.

우울증에 관해서도 찾아봤다. 우울감, 기운이 없음, 불면증, 매사를 부정적으로 생각함, 자살 사고. 실제로 우울증으로 인해 자살하는 경우도 있는 모양이었다. 우울증 환자의 주변인은 괜찮아지길 바라는 마음이 있더라도 힘내라고 격려해서는 안 된다고 했다. 만일 부모님이 이런 상황이었다면, 자신은 어떻게 행동했을까. 유토는 아카네가 짊어진 현실의 어려움을 새삼 실감했다.

"못쓰겠네, 나."

쇼가 한 말이 생각났다. 각오라고 해도 대체 뭘 어떻게 생각해야 할지 지금도 알 수 없었다. 다만, 확실히 아는 건 그만 만나자는 말을 들어도 아카네에 대한 생각을 멈출 수 없다는 사실이었다.

그제야 겨우 깨달았다.

— 그래서 정말로 좋아한다는 생각이 들면, 뭘 할 건지도.

쇼는 있는 힘껏 자신을 격려해 주고 있었던 게 아닐까.

할머니가 모처럼 휴대폰을 선물해 주셨지만, 유토는 당분간 사용

하지 않기로 했다. 통신비까지 내주시는데 죄송했지만, 2월에 시험이 끝날 때까지는 휴대폰을 사용하지 않을 생각이었다. 휴대폰을 선물 받았다는 사실은 친구들에게도 말하지 않을 작정이었다.

유토는 오랜만에 형의 방문 앞에 섰다.

"나야."

문을 열고 들어가니, 나오토는 책상에 앉아서 공부하고 있었다.

"왜?"

나오토는 여전히 등을 돌린 채였다. 유토는 손을 뒤로 뻗어 문을 닫으며 말했다.

"이거 좀 맡아 줘."

그제야 뒤돌아본 나오토의 눈앞으로 유토는 휴대폰이 든 상자를 내밀었다.

"무슨 생각이야?"

"할머니한테는 죄송하지만, 시험이 끝날 때까지만 부탁해."

나오토는 알겠다는 듯 손을 내밀었다. 그러고는 얼른 나가라는 듯 또다시 등을 돌렸다. 유토는 그 뒷모습을 향해 말을 걸었다.

"있잖아…."

"또 할 말 있어?"

나오토는 돌아보지 않고 말했다. 일단 말은 걸었지만, 유토는 좀처럼 말을 이을 수 없었다.

"싱거운 놈이네."

"고등학교, 재밌어?"

알고 싶은 건 그런 게 아니었지만, 유토는 일단 적당한 말을 던졌다.

"별로, 평범해."

"대학은 정했어?"

"대충. 어차피 국립밖에 못 가니까."

"…너는 슬럼프 같은 거 없어? 공부하기 싫어지거나 만사가 귀찮아지거나."

겨우 뒤돌아본 나오토는 의아한 표정으로 유토를 바라봤다.

"너 바보냐? 슬럼프 없는 사람이 어디 있어. 로봇도 아니고."

"그런가…."

"나는 너 볼 때마다 그런 생각 했거든. 둘째는 속 편해서 좋겠다고."

"…."

"그런데 그건 아마 남의 떡이 더 커 보이는 거랑 같은 거겠지. 아, 좀 다른가? 사람의 처지는 물건이 아니니까."

나오토는 제 말에 딴지를 걸며 메마른 웃음을 지었다.

"나도 너 때문에 엄청 피해 크거든?"

그렇게 말하고 유토는 등을 돌렸다. 짧은 대화였지만, 근래에 느꼈던 초조함은 없었다.

형과 잘 대화할 수 없게 된 이후로, 유토는 형이 제 마음을 모른다고 생각했었다. 하지만 그건 자신도 상대방의 기분을 모른다는 말이기도 했다. 지금도 모르겠다. 그래도 괜찮을 것 같았다.

문을 열고 나오기 전, 유토는 한 번 더 뒤돌아서 형을 보고 물었다.

"공부에 비법이 있다고 생각해?"

"좋아하게 되는 거."

형다운 대답이라고 생각하면서 유토는 방을 나왔다.

크리스마스이브 밤, 유토는 평소보다 이른 시각에 집을 나왔다. 오늘은 한동안 가지 않았던 사카와 공원까지 달릴 생각이었다. 그날 이후, 아카네를 보지 못했다. 하지만 분명 지금도 아카네는 다른 시간에 밤의 공원을 방문하고 있을 것 같다는 느낌이 들었다. 그렇다고 아카네를 기다릴 생각은 아니었다.

자신의 마음을 생각하라고 쇼는 말했다. 그래서 생각한 끝에, 지금은 확신할 수 있었다. 동정 따위가 아니었다. 동정이라면, 만나지 못하는 게 이렇게 괴로울 리 없었다. 아카네를 만나고 싶었다. 제대로 마주 보고 자신의 마음을 전하고 싶었다.

유토의 재킷 주머니에는 학교에서 몰래 가져온 분홍색 분필이 들어 있었다.

공원 바로 옆에 화려한 조명으로 정원을 장식한 집이 있었다. 형형색색으로 점멸하는 알전구를 곁눈질로 보며 유토는 달렸다.

공원에는 아무도 없었다. 걸음을 멈추고 숨을 내쉬자 얼굴 주변에 하얀 입김이 퍼졌다. 양손을 마주 비빈 다음, 유토는 그네 근처의 디딤돌 앞에 쭈그려 앉았다. 그러고는 주머니에 넣어 두었던 분필을 꺼내서 돌 위에 글씨를 적었다.

Dear A
Merry Xmas!
Y · K

이 메시지를 아카네가 본다는 보장은 없었다. 오히려 보지 못할 가능성이 더 컸다. 만일 이곳에 오더라도 눈치채지 못할 수도 있었다.

"그냥 자기만족인 거지."

유토는 그렇게 툭 중얼거리며 웃었다. 그리고 하늘을 봤다. 크리스마스이브인 오늘, 어디선가 아카네도 이 밤하늘을 보고 있을까.

그때, 희미한 소리가 들렸다. 아주 작은 핸드벨 같은 소리였다. 순식간에 사라진 그 소리는, 어쩌면 기분 탓이었을지도 모른다. 그 순간, 눈시울이 뜨거워졌다.

유토는 천천히 발걸음을 돌려 밤의 주택가를 향해 달리기 시작했다.

다음 날 낮, 유토는 사카와 공원에 가 보았다. 낮의 공원은 아이

들로 가득 차 있었는데, 이쪽저쪽에서 새된 목소리가 울려 퍼지고 있었다. 디딤돌에 적힌 글자는 조금 흐릿해지긴 했지만, 아직 남아 있었다.

유토는 그대로 사카와 힐스로 향했다. 그리고 우편함 앞에 서서 도미자와라는 글자를 찾았다. 그 이름은 506호에 적혀 있었다. 유토는 506호 우편함 안에 작은 봉투를 넣었다.

11

크리스마스이브 밤을 마지막으로 유토는 달리기를 잠시 쉬기로 했다. 엄마에게 그렇게 말했더니 알아서 하라는 대답이 돌아왔다.

이 년 전에 나오토가 수험생이었을 때는 이것저것 세세하게 지시하던 엄마의 모습이 머릿속을 스쳤지만, 이제 그런 일로 짜증이 나지는 않게 되었다. 지금은 눈앞에 닥친 일, 시험에 집중하자고 생각했다.

지금까지 멀리했던 공민 과목에 재미를 느끼게 되었다. 헌법 조문 해설을 읽을 때도, 현실과 다르다고 화를 내게 되었다. 어쩌면 아카네와의 만남을 통해 매사를 현실적으로 생각하게 되었기 때문일지도 몰랐다. 그런 생각이 들었을 때, 조금이지만 공부와 삶이 이어져 있다고 느끼게 되었다. 그리고 공부의 비법은 좋아하게 되는 거라고 했던 형의 말도 납득이 갔다. 물론, 아직 좋아할 수 없는 과목도 있었지만.

아카네는 우편함에 넣은 편지를 읽었을까. 잠시만 손을 멈추면 저도 모르게 그런 생각이 들었다. 그럴 때면 유토는, 지금은 공부해야 할 때라고 자신을 타일렀다.

연말을 맞아 대청소를 하면서 낡은 옷과 만화책, 책을 과감하게 처분하기로 했다. 버릴 것들을 모아 방 밖으로 꺼내니, 왠지 몸이 가벼워진 듯한 기분이 들었다.

"그거 버릴 거면 나 줘."

열십자로 묶은 만화책을 보고 나오토가 한 말에 유토는 깜짝 놀랐다. 형이 달라고 한 책은 난센스 만화였다.

"가져가도 되는데, 끈은 다시 묶어 놔."

유토는 웃음이 나오려는 것을 꾹 참고 무뚝뚝한 목소리로 말했다.

12월 31일, 셋이서 새해맞이 메밀국수를 먹고 있는데 아빠가 찾아왔다. 엄마는 말없이 아빠를 맞이했다.

"어이, 다들 잘 지냈지?"

가볍게 손을 올리며 느긋한 목소리로 인사하는 아빠를 보고 나오토가 나직이 중얼거렸다.

"말투 왜 저래."

"당신도 먹을 거예요?"

그렇게 묻는 엄마의 목소리는 조금 딱딱했다.

"아니, 이미 먹었어."

아빠는 식탁에 케이크 상자를 올려 놓고 의자에 앉았다.

"이런 날은 역시 케이크지."

아빠의 말에 갑자기 기억났다. 그러고 보면 어린 시절에 크리스마스 때는 케이크를 먹지 않았지만, 매년 그믐날에 아빠가 케이크를 사 왔었다. 유토가 초등학교 고학년이 될 무렵에는 사라진 습관이었지만.

"왜 그믐날에 케이크를 먹는 건데?"

유토의 질문에 아빠는 엄마 쪽을 힐끔 쳐다봤다.

"요코… 가 그러자고 해서."

"엄마가?"

"요컨대 네 엄마 말로는, 크리스마스 케이크는 빵집 입장에서 보면 일 년 매출의 상당 부분을 차지하니까 당연히 미리 만들어서 냉동 보관한다는 거야. 보존제도 많이 썼을 수도 있고. 그래서 덜 신선하대."

"그런 이유였구나."

나오토가 안심했다는 듯 말했다.

아빠는 대답 없이 티브이로 시선을 돌렸다. 티브이에서는 〈홍백가합전〉(매년 12월 31일에 NHK에서 방송하는 음악 프로그램-옮긴이)이 한창 방송되고 있었는데, 유토가 모르는 여성 가수가 나와서 노래하고 있었다.

"홍백도 많이 변했네."

새해맞이 메밀국수를 다 먹자, 엄마는 재빨리 그릇을 정리하고 물었다.

"녹차면 되지?"

케이크에 녹차라니 좀 어색한 조합이라는 생각이 들었지만, 옛날부터 부모님은 그렇게 먹어 온 걸지도 모른다.

아빠가 상자를 열자, 안에는 각기 다른 케이크가 네 개 들어 있었다. 아빠는 늘 이런 식으로 케이크를 사 오곤 했었다. 그리고 어린 시절, 제일 먼저 케이크를 고르는 사람은 나오토였다.

"난 초콜릿 케이크."

아니나 다를까, 그렇게 말한 나오토가 냉큼 초콜릿 케이크를 자신의 접시로 옮겼다. 고작 케이크일 뿐이지만, 유토는 속으로 안심했다. 자신은 몽블랑 케이크가 가장 먹고 싶었기 때문이었다. 유토가 몽블랑에 손을 뻗었을 때, 아빠가 불쑥 말했다.

"나오토는 옛날부터 유토가 뭘 좋아하는지 다 알고 있네."

뭐? 유토는 저도 모르게 케이크를 떨어뜨릴 뻔했다. 깜짝 놀라 나오토를 쳐다보니, 나오토는 아빠의 말 따위 아무 관심 없다는 듯 이미 포크로 케이크를 자르고 있었다. 불현듯 그동안의 일이 이해되었다. 최초의 선택권은 언제나 형이 가져갔지만, 이상하게도 유토는 자신이 노리던 걸 빼앗겨서 억울했던 적은 없었다.

엄마가 치즈 케이크를 고르자, 아빠는 마지막으로 남은 과일 타르트를 골랐다. 케이크를 먹으며 시시콜콜한 대화를 나눴다. 한 해의 마지막 날이니 다들 머리 아픈 이야기는 하고 싶지 않았을 것이다. 이렇게 온 가족이 모여서 평온한 시간을 보낸 게 대체 얼마 만이었을까.

〈홍백가합전〉 2부가 시작되고 얼마 지나지 않았을 때, 아빠가 자리에서 일어섰다.

"나는 슬슬 가 볼게."

아빠는 지난번에 만났을 때 입었던 짧은 패딩 점퍼를 걸치더니 현관으로 향했다. 유토만 아빠를 현관까지 배웅했다.

"시험 끝까지 힘내고."

"응. 아, 휴대폰은 시험 끝날 때까지 안 쓸 거야."

"그거야 네 마음이지."

아빠는 장난스럽게 한쪽 입꼬리만 올리며 웃어 보이고는 문밖으로 사라졌다.

〈홍백가합전〉에는 별 관심이 없었던 유토는 먼저 씻기로 했다. 욕조에 몸을 담그며, 유토는 얼마 전 아카네에게 보낸 편지 내용을 떠올렸다.

아카네에게

동정이라는 너의 말을 듣고 제일 먼저 떠오른 생각은 '아니다, 그렇지 않다'라는 거였어. 하지만 그 후에 깊이 생각해 봤어. 솔직히 말해서 처음에는 그런 마음이 있었을지도 몰라. 아마 나도 내

감정을 감당하기 버거워서, 그래서 괴로워 보이는 아카네에게 멋대로 감정이입했던 것 같아. 하지만 아카네를 알아 가면서 내 생각이 안이했다는 걸 깨달았어.

너에 대한 내 감정은 동정이 아니야. 하지만 만일 동정이면 그게 나쁜 걸까? 아카네의 상황이 조금이라도 나아졌으면 하고 바라는 게 나쁜 일이야?

만나지 못하니까, 너무 보고 싶어서 견딜 수가 없었어. 공부할 때도 나도 모르게 네 생각을 하게 돼. 그러니까 역시 나는 아카네를 좋아하는 거야.

아카네가 나를 좋아하지 않는다고 해도 어쩔 수 없어. 사람의 마음을 어떻게 할 수는 없으니까.

그렇지만 만일 아카네가 짧게라도 나와 함께 시간을 보내는 게 싫지 않다면, 조금이라도 나를 만나고 싶다고 생각한다면, 새해 첫날 아침에 같이 해돋이를 보지 않을래?

우리가 항상 만나던 그곳에서 기다릴게.

해돋이 시각은 여섯 시 오십일 분이니까, 나는 여섯 시 반까지 갈 거야.

유토

이제 몇 시간 뒤면 해가 바뀐다. 그렇다고 해서 특별히 뭔가 바뀌는 건 아니었다. 하지만 새해 첫날인 내일은 유토에게 특별한

160

시간이 될 것 같았다. 아카네가 오든 오지 않든. 내일 부디 맑은 날이 되기를 유토는 마음속으로 기도했다.

12

ⓖ

오전 다섯 시 반에 맞춰 둔 알람이 울렸다. 벌떡 일어나서 커튼을 열었지만, 밖은 아직 캄캄했다.

유토는 재빨리 옷을 갈아입고, 부엌에 가서 전자레인지에 우유를 데웠다.

인기척을 느낀 모양인지, 엄마가 방에서 나왔다.

"꽤 일찍 깼네?"

"잘 주무셨어요. 아, 새해 복 많이 받으세요. 나 해돋이 보러 가려고."

그렇게 말한 유토는 단숨에 우유를 비웠다.

"그래. 잘 갔다 오렴."

하품 섞인 목소리로 엄마가 말했다.

밖에 나와 보니, 주위는 아직 밤의 어둠에 휩싸여 있었다.

일출 시각까지는 아직 꽤 여유가 있어서 유토는 느긋하게 걷기 시작했다.

하늘을 올려다봤다. 기분 탓인지 평소보다 별이 선명하게 보였는데, 하늘에서 시시각각 어둠이 물러나면서 별의 반짝임이 사라져 갔다. 이윽고 남동쪽 지평선 부근부터 하얗게 변하기 시작하더니, 거기에 붉은빛이 서서히 퍼져 갔다.

유토는 사카와 공원 쪽으로 발걸음을 옮겼다. 가볍게 달리는 사이에 추위는 신경 쓰이지 않게 됐지만, 입에서는 여전히 새하얀 입김이 뿜어져 나왔다.

아카네가 과연 올까. 공원이 가까워지면서 유토의 불안감도 덩달아 커졌다. 하지만 자신이 할 수 있는 일은 오직 기다리는 것뿐이었다.

왠지 어젯밤에 본 부모님의 모습이 뇌리에 떠올랐다. 부모님 사이에 있는 감정은 더 이상 애정이라 할 수 없다는 생각이 들었다. 그럼에도 두 사람 사이에는 분명 통하는 무언가가 있는 것처럼 느껴졌다. 문득 아빠가 집을 나설 때, '돌아간다'가 아니라 '간다'라고 말했던 게 떠올랐다.

앞으로 두 사람의 사이가 원래대로 돌아오는 일은 없을지도 모른다. 그래도 유토에게 있어 엄마는 엄마고, 아빠는 아빠였다.

거리에 오가는 사람은 거의 없었는데, 남녀 커플 한 쌍, 그리고 4인 가족 일행과 마주쳤다. 이 근방에 있는 신사에 새해 첫 참배를 하러 가는 모양이었다. 자동차도 별로 보이지 않았다. 하지만 연하장을 배달하는 우체국 직원의 빨간 오토바이는 여러 번 마주쳤다.

공원이 눈앞에 보이자 유토는 달리기에서 빠른 걸음으로 바꾼 뒤 서서히 속도를 늦추었다. 발걸음과는 반대로 심장 고동은 점차 빨라졌다.

힘주어 손을 한 번 꾹 쥔 다음, 유토는 공원 부지로 들어갔다. 공원 안에는 아무런 인기척도 느껴지지 않았다.

시계를 보니 딱 여섯 시 반이었다.

유토는 미끄럼틀 위로 올라가 섰다. 하늘은 지평선에 가까울수록 밝았다. 위쪽 하늘은 아직 묽은 먹을 풀어 놓은 듯 푸르스름한 빛을 띠고 있었지만, 동쪽은 시시각각 노란빛으로 물들어 갔다. 마치 소리가 나는 것만 같았다. 아니, 그건 자신의 심장 소리였다.

절대로 입구 쪽은 돌아보지 않겠다고 결심했는데, 저도 모르게 시선을 돌려 버릴 것만 같았다.

사람 목소리가 들렸다. 공원 밖에서 들린 소리였다. 유토는 입술을 깨물고 하늘을 응시했다. 머지않아 사람 소리는 들리지 않게 되었다.

얼마나 시간이 흘렀을까. 희미한 발소리가 들려왔다. 유토의 눈은 가만히 지평선을 바라보고 있었다.

발소리가 가까이 다가왔다. 사박사박하는 소리에 두근두근 뛰는 심장 고동이 겹쳐졌다.

그때, 동쪽 지평선에서 빛이 뿜어져 나왔다.

"해가 떠!"

유토는 하늘에 시선을 고정한 채로 외쳤다.

미끄럼틀 계단을 오르는 소리가 들렸다. 이윽고 좁은 미끄럼틀 위에 두 사람이 나란히 섰다.

"다행히 안 늦었네."

아카네가 중얼거렸다. 두 사람의 팔이 부딪쳤다. 유토는 하늘을 응시하며 살며시 아카네의 손을 잡았다. 아카네는 장갑을 끼고 있지 않았다.

지평선에서 태양이 얼굴을 드러냈다. 갑자기 아카네가 붙잡은 손을 놓았다. 그리고 왼팔로 유토의 팔짱을 끼더니, 그대로 양팔을 가슴 앞에 가져가 손을 모았다. 유토도 똑같이 두 손을 모아 기도했다.

'부디 좋은 한 해가 될 수 있기를….'

태양이 지평선 위로 떠올랐다. 유토는 그때 처음으로 옆에 선 아카네의 얼굴을 쳐다봤다.

"Happy New Year!"

"새해 복 많이 받아."

추위에 뺨을 붉게 물들인 아카네가 미소를 보인 순간, 유토는 아카네를 꼭 끌어안고 싶어졌다. 그 충동과 싸우면서 유토도 마주 웃었다.

입으로는 분명 웃고 있는데, 아카네의 눈동자에서 눈물이 한 줄기 흘러내렸다.

"아, 나 너무 울보 같지."

부끄럽다는 듯 웃으면서 아카네는 손등으로 눈물을 훔쳤다.

"와 줘서 고마워."

"나도… 고마워. 내가 먼저 만나지 않겠다고 말했으면서, 만나지 못하는 게 쓸쓸했어…. 우리 집 일, 어째서 가시와기 오빠한테는 말할 수 있었던 건지 모르겠어. 친구들한테도 말 못 했는데…. 학교가 달라서라고 했었지만, 내가 말하면서도 거짓말이라고 생각했어. 열심히 생각해 봤는데, 결국 이유는 모르겠어. 줄곧 아무에게도 들키고 싶지 않다고 생각했었거든. 하지만 오빠가 알아줘서, 그게 기뻤다는 사실을, 만나지 않게 되고서야 알았어. 처음에는 나한테 왜 그러나 싶었거든. 쓸데없는 참견이라고, 귀찮다고 생각했었는데, 언제부턴가 가시와기 오빠가 오기를 기다렸어. 그 사실을 깨달아서… 너무 쓸쓸했어."

작정한 듯 단숨에 그렇게 말한 아카네의 눈동자에서 새로운 눈물이 흘러내렸다. 그 모습을 보지 않으려고 유토는 아카네의 어깨에 살며시 손을 둘렀다. 어깨에 얹은 손을 자신 쪽으로 조금 당기자, 아카네의 머리카락에서 희미한 샴푸 향기가 났다. 기습적으로 코를 자극한 향기에 유토는 잠깐 멍해졌다.

잠시 후, 유토는 아카네의 어깨에서 손을 떼고 미끄럼틀에서 뛰어내린 다음 아카네를 올려다봤다. 감색 더플코트 아래로 체크무

늬 치마가 보였다. 어떻게 하나 지켜보자 아카네는 생긋 웃더니 뛰어내렸다. 살짝 치마가 뒤집혔지만, 아카네는 무사히 착지했다.

아카네는 그네 쪽으로 걸어가서 디딤돌을 가리켰다. 크리스마스이브 밤에 유토가 'Merry Xmas!'라는 메시지를 남긴 곳이었다.

"아직 조금 남아 있어."

"봤구나."

"이거 보고 굉장히 기뻤어. 나, 가시와기 오빠랑 만나서 정말 다행이야."

"나야말로. 나, 아카네한테 엄청 도움받았거든."

"그 반대야."

유토는 고개를 가로저었다.

"진짜라니까."

만일 그때 아카네를 만나지 않았다면, 유토는 감당하기 어려운 감정을 끌어안은 채 지금도 번민하고 있었을지 모른다. 아카네를 만나고 많은 생각을 했다. 그 덕분에 깨달은 것도 많았다. 그 하나하나를 아카네에게 전할 생각은 없었지만.

"일 년 삼 개월 뒤에 진짜로 같은 고등학교에 다닐 수 있으면 좋겠다."

"나도 노력할게."

"우선은 내가 노력해야지."

"나도 즐거운 일을 찾아낼게."

"즐거운 일?"

"가시와기 오빠의 웃긴 얼굴 상상하기 같은 거?"

"그게 뭐야. 그것보다 그렇게 성으로 부르는 거 너무 서먹한 사이 같지 않아?"

"그럼 뭐라고 불러?"

"이름으로."

"유짱?"

"그건 좀…."

"유토 오빠."

"이름만 불러도 되는데."

"…좀 부끄럽다."

아카네는 양손으로 자기 뺨을 눌렀다.

"뭐든 상관없으니까, 네가 편한 대로 불러."

무뚝뚝하게 말한 유토는 아카네의 손을 잡아끌었다.

"걷자."

바깥은 완전히 환해졌지만, 새해 첫날 아침에 거리를 오가는 사람은 적었다. 연하장을 배달하는 오토바이가 두 사람을 앞질러 갔다.

"아까도 봤는데, 새해 첫날부터 일하나 봐."

"…간병인 중에도 그런 사람 있어."

"그렇구나."

"뭔가, 이상한 느낌이야."

아카네가 킥, 하고 웃음을 흘렸다.

"이상하다니?"

"아침이잖아."

"하긴."

유토는 웃었다.

"그래도 아침에 보니까 좋네."

"다음엔 낮에 보자."

"응?"

"도쿄 같은 데 같이 갈 수 있으면 좋겠다."

"언제?"

"시험이 끝나고 나서… 역시 봄방학이 좋겠지?"

"응. 미래에 즐거운 일정이 있으면 좋을 것 같아."

"나 있잖아, 열심히 시험 준비할게. 그러니까…."

"시험이 끝날 때까지는 못 보겠다, 그치?"

유토가 머뭇거린 말을 아카네가 대신 말했다. 현립 고등학교 입시가 끝날 때까지 앞으로 한 달 반이 남았다.

아카네는 학교 친구 그 누구에게도 말하지 않은 일을 유토에게만 말해 주었다. 그러니 오늘까지 보름, 두 사람이 만나지 못했던 동안 아카네가 집안일을 말할 수 있는 상대는 없었다. 그런데 유토는 또 한동안 이야기도 들어주지 못하고, 아카네를 혼자 내버려두게 되었다. 말해 달라고, 듣겠다고 말한 건 유토 자신이면서.

"미안. 오늘 내가 불러 놓고….”

아카네는 고개를 저었다. 시험 따위 없으면 좋겠다는 생각이 들었다. 하지만 자신은 무슨 일이 있어도 히가시고에 합격해야 했다.

"나랑 만난다고 유토 오빠가 입시에 실패하게 되면, 나 평생 후회할 것 같아. 하지만….”

"하지만?”

"학원에 가지 않는 날에는 밤 아홉 시에 일 분이라도 좋으니까 하늘을 봐 줬으면 좋겠어.”

"하늘?”

"나도 같은 시간에 하늘을 볼게. 그때 유토 오빠도 나랑 같은 하늘을 바라보고 있다는 생각이 들면 좋을 것 같아.”

"알았어. 약속할게.”

십오 분 정도 걸은 뒤, 두 사람은 여태껏 밤에 걸을 때 그래 왔듯이 사카와 힐스로 향했다.

"그럼, 이다음은 2월 14일 밤 아홉 시에 사카와 공원에서 만나자.”

"꼭 합격해야 해!”

유토는 고개를 끄덕였다. 아카네의 손이 천천히 유토의 손에서 떨어져 나갔다. 아카네는 뒤돌아서 건물 입구로 향했다.

아카네가 잠금을 해제하고 자동문이 열렸을 때, 유토가 소리쳤다.

"아카네!”

뒤돌아본 아카네를 향해 유토는 있는 힘껏 입술을 비틀고 눈썹

끝을 내려서 웃긴 표정을 지어 보였다.

아카네의 얼굴로 순식간에 해바라기가 핀 것처럼 환한 웃음이 퍼졌다.

'힘들 때는 내 얼굴을 떠올리면서 웃어 줘….'

겨울방학 직후에 본 모의고사 성적은 그럭저럭 괜찮았다. 그래도 유토는 특별히 내신 성적이 좋은 편은 아니라서 성실하게 시험 공부에 임했다. 낡은 라디오를 방에 가지고 와 음악을 들으면서 문제집을 풀었다.

라디오가 밤 아홉 시를 알리면 천천히 창문을 열었다. 찬 기운이 단번에 방 안으로 파고들었지만, 신경 쓰지 않았다. 유토는 그대로 일 분간 밤하늘을 바라봤다.

'아카네, 보고 있어? 오늘 밤은 별이 노래하는 것 같아….'

밤에 잠들기 전에는 달력에 엑스 표시를 했다. 입시까지, 그리고 아카네를 만날 날까지 앞으로 며칠 남았는지 계산했다.

머지않아 달이 바뀌었다. 절분이 지나고 입춘이 찾아왔지만, 봄이라는 말이 무색하게 그다음 날에 눈이 내렸다. 대설주의보가 내릴 정도는 아니었지만, 도쿄 도심에서는 열차가 지연되는 등 피해가 발생했다.

"오늘이 시험일이 아니라 다행이네."

"그날도 어떻게 될지는 모르지."

엄마의 말에 그렇게 대답하며 유토는 웃었다.

밤에 창문을 열어 보니 눈은 이미 그쳤지만, 주택 지붕 위에 엷게 눈이 쌓여서 옅은 푸른색으로 보였다. 밤공기가 고요하게 가라앉아 있었지만, 주변은 환했다. 이 설경을 아카네도 보고 있을까.

달력에 엑스 표시가 착실하게 늘어갔다. 유토는 오로지 공부에 몰두했다. 그렇게 현립 고등학교 시험일이 찾아왔다. 그날 아침은 다행히 맑게 갠 날씨였다.

13

시험을 마치고 집에 돌아온 유토는 나오토의 방으로 갔다. 이날
은 당연히 나오토의 학교도 휴일이었다.

"시험 어땠어?"

"나오토가 부끄러워서 고개 못 들 일은 없을 거야."

"그래?"

나오토는 유토가 말도 꺼내기 전에 먼저 휴대폰을 건네줬다.

"보관해 줘서 고마워."

"충전해 놨어."

"아, 응."

자신의 방에 들어온 유토는 곧장 쇼의 연락처를 등록했다. 그리
고 메신저를 켜서 쇼에게 친구 신청을 했다. 쇼를 통해 데쓰야도
등록하고, 사카와중의 히로키에게도 연락했다. 오늘 시험장에서
히로키를 만났을 때, 전화번호를 물어보고 미리 메모해 뒀었다.

휴대폰에 등록된 친구는 아직 세 명뿐이었다.

"맞다, 그 녀석도⋯."

유토는 그렇게 중얼거리며 나오토에게 친구 신청을 했다.

"딱히 친구는 아니지만."

그렇게 중얼거리며 유토는 웃었다. 그런 다음 유토는 세 시간 뒤로 알람을 설정하고 침대에 벌렁 드러누웠다. 일단 한숨 자고 일어날 생각이었다.

아카네의 꿈을 꿨다. 유토는 꿈속에서도 그게 꿈이라는 걸 느끼고 있었다. 아카네는 웃고 있었다. 아카네를 바라보는 유토의 시선이 천천히 아래로 이동했다. 살짝 올라간 눈, 무언가 말하려는지 살짝 벌어진 입술, 그다음은 턱, 목덜미, 쇄골, 가슴⋯.

유토는 깜짝 놀라 잠에서 깼다. 알람은 아직 울리기 전이었다. 유토는 그대로 욕실로 가서 뜨거운 물로 샤워하고, 겸사겸사 속옷도 빨았다. 약속 시간이 몹시 기다려졌다.

밤 여덟 시 오십 분.

"좀 달리고 올게."

엄마에게 말하고 유토는 밖으로 나왔다. 아카네가 정말 나와 줄까? 아니, 분명 와 줄 것이다. 만나면 무슨 이야기를 할까. 줄곧 보고 싶었다고, 몇 번 말해도 부족할 정도로 생각했다고 전하고 싶었다. 아카네도 그렇게 자신을 생각해 줬을까.

유토는 낮잠 잤을 때 본 꿈을 멍하니 떠올렸다. 꿈속에서 한 번도 본 적 없는 모습의 아카네를 봤다. 온몸이 욱신거리면서, 어째서인지 뜨끈하게 열이 올랐다.

유토는 공원 입구에 발을 들여놓았다.

아카네는 벌써 와 있었다. 처음 봤을 때처럼 그네에 가만히 앉아 있었다. 유토는 그쪽으로 달려갔다. 유토가 온 걸 눈치챈 아카네가 그네에서 일어섰다. 유토는 조금 거칠게 아카네의 팔을 붙잡고 그대로 끌어안았다. 이대로 둘이서 밤하늘 끝까지 날아갔으면 좋겠다는 생각이 들었다.

하지만….

바로 눈앞에서 아카네의 얼굴을 본 순간, 솟구치던 열이 급속하게 식었다.

아카네는 웃고 있었다. 유토를 보고 웃고 있는데도, 그 얼굴은 지친 기색을 숨기지 못하고 있었다.

"무슨 일 있었어?"

유토가 조심스럽게 물었다. 아카네는 그 질문에 답하지 않고 손에 든 토트백에서 작은 상자를 꺼냈다.

"수험생 생활 고생했다고 주는 초콜릿이야."

"…고마워."

"장난이야. 좋아해서 주는 거야."

아카네는 또 웃었다. 하지만 역시나 그 미소는 필사적으로 즐거운 표정을 꾸며 낸 것처럼 보였다.

"무슨 일 있었어?"

유토가 진지한 얼굴로 묻자, 아카네의 표정이 일그러졌다.

"역시 아는구나. 기쁜데, 속상해…."

"내가 들어주겠다고 했잖아."

"밤에 하늘 봤어?"

"물론이지."

"나, 몇 번이나 웃긴 얼굴 떠올렸어."

"내가 했던?"

"응. 그때마다 웃었어. 만일 유토의 그 얼굴을 떠올릴 수 없었다면, 좌절했을지도 몰라."

"살 좀 빠졌어?"

차마 수척해졌다고 말할 수는 없었다.

"할아버지가 돌아가셨어."

"전에 쓰러지셨다고 했던 할아버지?"

"응. 암이었어. 앞날이 그리 많이 남지 않았다는 사실은 알고 있었는데…. 실은, 할아버지가 돌아가셨을 때, 할머니가 또 와 주시지 않을까 하고 살짝 기대했어."

"…."

"나 진짜 못됐지? 최악이야. 그래서 벌받았나 봐."

"벌이라니?"

"…엄마가 할아버지 일로 충격받아서 상태가 더 나빠졌어. 날씨가 추운 것도 안 좋은가 봐. 자기는 살아 있을 필요가 없다면서 울어. 나 어떡하면 좋을지 모르겠어. 달래도 보고, 화도 내봤는데⋯. 학교에 못 간 적도 있어."

"얼마나?"

"결석한 건 이틀인가⋯. 하지만 엄마가 아프다고는 할 수 없어서, 내가 감기에 걸렸다고 했어."

안 그래도 힘든데, 굳이 할 필요가 없는 거짓말까지 해야 했던 아카네를 생각하니 공연히 화가 났다. 하지만 누구에게 화를 내면 좋단 말인가. 어디에도 답은 없었다.

"미안. 이야기 들어주지 못해서."

"유토의 탓이 아닌걸."

"노도카는 괜찮았어?"

"⋯여러모로 불안한가 봐. 그 애는 엄마의 병을 제대로 이해하지 못하니까. 자기도 학교에 안 간다고 떼쓰는데⋯ 어떻게든 보냈어. 불쌍하다고 생각하지만, 나도 초조하니까 화풀이하게 돼. 아직 초등학교 2학년밖에 안 된 애한테⋯. 그런 나 자신이 싫어. 정말 너무 싫어."

아카네의 눈에서 눈물이 뚝뚝 떨어졌다. 유토는 다시 아카네를 끌어안았다. 그리고 귓가에 거듭 속삭였다.

"나는 좋아해. 아카네가 어떤 모습이든, 나는 좋아. 정말로 좋아해."

"얼른 봄이 왔으면 좋겠어. 적어도 따뜻해지기라도 하면, 그러면 엄마 기분도 조금은 나아질 텐데."

"응."

"나, 할아버지 좋아했었어. 그런데 장례식에 못 갔어. 아빠 혼자서 갔어. 지금, 엄마가 아예 밖에 못 나가는 상태라서. 시간이 가면 괜찮아질 줄 알았는데, 전혀 아니야."

아카네는 유토의 가슴에 매달려서 흐느껴 울었다. 유토는 그냥 아카네의 등을 가볍게 토닥여 주었다. 그리고 겨우 아카네가 제 손으로 눈물을 닦았을 때, 유토는 말했다.

"있잖아, 아카네. 내가 뭘 해 주면 될까? 내가 할 수 있는 일이 있다면 말해 줘."

"목욕 못 하는 날이 있어도 싫어하지 말아 줘."

유토는 그만 웃어 버렸다.

"당연하잖아. 겨우 그런 일로."

"그런 일이라고 가볍게 말하지 마."

아직 눈물 흔적이 남은 얼굴로 아카네는 뺨을 부풀렸다.

"알았어."

"나 원래는 울보 아니야. 나 강하단 말이야."

"알고 있어. 아카네는 강해. 하지만 울고 싶을 때는 울어도 돼."

유토는 아카네의 손을 잡아끌었다.

"조금 걷자."

두 사람은 한동안 대화 없이 밤거리를 걸었다. 아카네의 손은 차가웠다. 유토의 손도 차게 식었다. 공원에 오기 전까지 유토가 품고 있던 열은 이제 사라지고 없었다. 그렇지만 유토의 마음은 뜨거웠다.

십 분 정도 산책한 뒤, 내일 또 만나기로 약속하고 유토는 달려서 집으로 돌아왔다.

엄마는 부엌에서 신문을 펼쳐 놓고 읽고 있었다.

"오랜만에 달리니까 좋니?"

"응, 뭐."

냉장고를 열고 우롱차를 꺼내서 단숨에 들이켰다.

"있잖아…."

유토는 엄마에게 말을 걸었다.

"왜?"

엄마가 얼굴을 들었다. 유토는 엄마의 맞은편에 앉았다.

"전에 영 케어러라고 했었잖아."

"아, 너희 반 친구 말이지?"

"맞는데, 그게 아니라…. 그러니까 니카와네 할머니는 이미 돌아가셨거든."

"그 친구 말고 그런 애가 또 있니?"

유토는 고개를 끄덕였다.

"가을에 알게 된 친군데, 어머니 병 때문에 힘든가 봐."

"병?"

유토는 아카네가 처한 상황에 관해 자신이 아는 범위 내에서 전부 이야기했다. 어머니의 병명이나 정신 상태, 아빠가 단신 부임 중이고 나이 차가 나는 여동생이 있다는 사실까지. 이야기를 들으면 들을수록 엄마의 미간이 좁아지는 게 유토에게도 보였다.

유토가 얼추 이야기를 마치자, 엄마가 확인하듯이 물었다.

"친구인 거지?"

"응."

그 이상이었지만, 그런 말은 하지 않았다.

"소중한 친구?"

유토는 고개를 끄덕였다.

"어머니가 갑자기 쓰러지셨다니 힘들었겠네. 사립학교까지 전철로 통학했었다면, 집안일은 거의 해 본 적도 없었을 테고."

"장 보는 건 익숙해 보이던데."

"그건 시간이 지나고 익숙해졌으니까 그렇겠지. 너도 갑자기 집안일 하라고 하면 아무것도 못 할걸? 우왕좌왕하기만 하겠지. 하지만 현실은 기다려 주지 않잖아."

가슴에 둔탁한 아픔이 스쳐 지나갔다. 아카네가 힘든 상황을 겪고 있다는 사실을 잘 이해하고 있다고 생각했다. 하지만 자신의 생각은 식사 준비나 빨래, 청소, 여동생 보살피기처럼 구체적인

일 하나하나까지는 미치지 못하고 있었다. 이제야 전에 자신이 없어지면 집이 무너진다던 아카네의 말이 가슴에 와닿았다. 아직 열네 살밖에 되지 않은 아카네는 그런 마음으로 살림을 유지하고 있는 거였다.

"집은 어디니?"

"사카와 힐스."

"그럼 경제적인 어려움은 없다고 생각해도 되겠네? 사립 중학교에 다녔다고도 했고."

"아마도. 대출은 남아 있는 것 같았어."

"그럼 괜찮겠네."

"안 괜찮아."

"그런 뜻이 아니야. 예를 들면, 모자 가정인데 부모가 아이를 양육할 능력이 없다고 판정되면 어쩔 수 없이 따로 살아야만 하는 경우도 있거든. 아이는 보호를 위해 보육원에 들어가게 돼. 그러면 간병도 가사일도 안 해도 되니까. 하지만 어느 쪽이 더 낫다고 쉽게 말할 수 있는 문제는 아니잖니."

유토는 애매하게 고개를 끄덕일 수밖에 없었다. 자신의 생각은 아직 한참 부족했다. 자신은 아무것도 몰랐다. 그 사실이 분했다.

"나한테는 그 애 이야기를 들어주는 것 말고는 할 수 있는 일이 없다는 소리지? 너무 힘들어 보여서 어떻게든 해 주고 싶은데, 나는 아무것도 못 하는구나."

"너는 지금 네가 할 수 있는 일을 하고 있잖아."

엄마의 말이 이해되지 않아서 유토는 의아한 표정으로 엄마를 쳐다봤다. 엄마는 조금 안타깝다는 듯 한쪽 입꼬리를 비스듬히 올리고 있었다.

"어른에게 이야기하는 거."

"…."

"학대나 경제적 어려움은 많이 문제시되고 있으니까 아는 사람도 많지만, 영 케어러는 미디어에서 별로 보도되고 있지 않아. 일부 지역에서 교사에게 청취 조사 같은 걸 하기도 했는데, 아직은 모르는 사람이 많고."

"엄마는 어떻게 아는 거야?"

"직장에서 관련 연구를 하는 사람의 강연회를 했었거든. 하지만 세간의 관심은 아직 그렇게 높지 않아. 겉으로는 잘 티가 안 나고, 본인이 말하고 싶어 하지 않는 경우도 많은가 봐."

"그 애도 친구들한테는 말 안 했대."

엄마가 고개를 끄덕였다.

"아직 초등학생이면 그나마 말하는 애도 있는 모양인데, 중학생쯤 되면 선생님이나 친구들에게도 말할 수 없다면서 자기 혼자서 떠안는대."

아카네가 지금 딱 그랬다.

"학교에서는 친구들과 즐겁게 지내려고 하는 모양인데, 대화가 잘 통하지 않는 경우가 있다고 했어."

집안일과 여동생을 돌보는 데 지쳐서 졸릴 때, 친구가 형제끼리 다툰 이야기 같은 걸 하면 저도 모르게 건성으로 대답한다고 언젠가 아카네가 말했었다.

"그렇겠지. 그런 애들은 어쩔 수 없이 어른이 되거든."

"어른이 된다고?"

"의젓해지는 거지. 젊어서 고생은 사서도 한다는 말이 있지? 고생이 사람을 성장시키기도 하니까. 하지만 나는 그렇게 생각 안 한단다. 고생 같은 건 안 하는 편이 당연히 좋아."

"그런가?"

자신은 과연 고생을 했을까, 아니면 고생을 모르고 있을까.

집에 있으면 숨이 막히는 것 같았다. 아빠는 없고, 가족과도 거의 대화하지 않게 되었다. 집안 분위기가 얼어붙었다고 생각했다. 그런데 아카네와 만난 일을 계기로 유토는 지금 이렇게 엄마와 마주하고 있었다.

"당사자가 책임감이 강해서 가족을 위해 노력하려고 하고, 그 일에 자긍심도 느끼니까 지원이 필요하다고 자각하지 못하는 경우도 있어."

"지원?"

"내가 그 애를 직접 도와줄 방법은 없지만, 뭔가 조언은 해 줄 수 있을지도 모르겠구나. 이다음에 그 친구를 집에 한번 데려오렴.

나도 이것저것 알아봐 둘 테니까."

"…걔가 거절하면?"

"유토, 그 애한테는 어떤 지원을 받는 일이 필요할 수도 있어. 정말 소중한 친구라면 노력해 보렴."

"알았어."

방에 돌아오고 나니, 왜 엄마에게 이 이야기를 꺼냈는지 유토 자신도 의아했지만, 말하길 잘했다는 생각이 들었다. 소중한 친구라면 노력하라는 엄마의 말이 다시 떠올랐다. 그 순간, 유토의 코끝이 찡해졌다.

다음 날 밤은 유토가 아카네보다 늦게 도착했다. 아카네의 표정이 어제보다 다소 밝아 보여서 유토는 안심했다.

"주말에 아빠 돌아오신대?"

"응. 그럴 예정이야."

"저기, 전에 주말은 가족과 같이 보내고 싶다고 말했었잖아. 그 마음은 알겠지만, 토요일이나 일요일에 잠깐만 시간을 좀 내주지 않을래? 점심때 만나고 싶은데."

"도쿄에 가려고?"

"그건 봄방학의 즐거움으로 남겨 두자. 혹시 괜찮으면, 우리 집에 오지 않을래? 엄마가… 만나고 싶다는데."

그렇게 말한 순간, 왠지 얼굴이 달아올랐다. 엄마에 관해 일전에

심한 말을 했던 걸 아카네는 기억하고 있을까.

"유토의 어머니가?"

"응."

"알았어. 그러면 가 볼까?"

아카네는 토요일 오후에 유토의 집에 오기로 하고, 그날은 유토가 아카네의 집 앞까지 마중 나가기로 했다.

14

현립 고등학교 입시가 끝나서 교실 분위기는 상당히 느긋해졌다. 사립 고등학교는 현립 고등학교보다 입시가 빠른 곳도 많아서, 데쓰야는 일찌감치 제1지망인 대학 부속 고등학교에 입학하는 게 결정 난 상태였다.

"나, 만일 히가시고 떨어지면 어쩌지?"

"걱정 마."

걱정하는 쇼의 말을 들은 유토가 대답했다. 자기 채점 결과로는 두 사람 다 합격권 안에 들어 있었다.

"답안지에 이름을 안 썼을지도 몰라."

"네가 그렇게 걱정 많은 타입인 줄은 몰랐네."

데쓰야가 가볍게 놀리듯이 말했다.

"합격하면 어디 놀러 가고 싶다."

"졸업한 뒤가 더 낫지 않아?"

"데쓰야, 아무나 여자애 좀 데려와. 여자친구의 친구라든가."

"고등학교에 가면 새로운 만남이 있을 거야. 히가시고는 학교 분위기도 자유롭잖아."

쇼와 데쓰야가 주거니 받거니 하는 말을 유토는 가만히 듣고 있었다.

"데이트 정도는 해 보고, 고등학생이 되고 싶었는데."

쇼가 유감스럽다는 얼굴로 말했다.

방과 후, 유토는 쇼와 나란히 교문을 나섰다.

"이번 주 토요일에 우리 집에 오기로 했어."

"…그 애?"

고개를 끄덕인 유토는 황급히 덧붙였다.

"엄마가 데려오라고 해서."

"어머니가 왜?"

"비상근이긴 한데, 시청 복지 관련 부서에서 일하고 있거든."

"그렇구나. 너 제대로 각오했나 봐?"

"잘은 모르겠지만, 동정 같은 건 아니라는 생각이 들었거든. 너한테는 사실대로 말해야겠다고 생각했어."

"젠장, 결국 너한테 선수를 뺏겼네."

쇼가 분하다는 듯이 말했다. 마음속으로는 쇼에게 고마워하면서, 유토는 일부러 뻔뻔하게 대답했다.

"뭐? 원래부터 승부는 뻔했잖아."

유토의 능청스러운 얼굴을 본 쇼가 주먹으로 가슴을 툭 쳤다.

유토는 과장되게 아파하는 척을 하며 장단을 맞추었다.

쇼와 같은 고등학교에 갈 수 있다는 사실이 기뻤다.

사카와 힐스 앞에 서 있는 아카네가 보였다. 아카네는 낯익은 감색 더플코트를 입고 있었다. 유토는 가볍게 손을 들어 인사하면서 잰걸음으로 다가갔다.

아카네가 종이봉투를 손에 들고 있어서 유토는 물었다.

"들어 줄까?"

아카네는 고개를 가로저으며 대답했다.

"괜찮아. 시골에서 보내 주신 사과야. 친구 집에 간다니까 가져가래."

아카네는 전에 슈퍼에서 딱 마주쳤을 때도 짐을 들어 주겠다는 유토의 제안을 거절했다. 아카네는 원래 그런 아이라는 생각이 들면서, 아카네가 한층 더 사랑스럽게 느껴졌다.

"나 사과 좋아해."

"다행이다. 여동생이 따라오려고 해서 난감했어."

아카네가 작게 웃었다.

"있잖아…."

막상 말은 꺼냈지만, 뒷말이 쉽게 나오지 않았다. 하지만 미리 말해야만 했다.

"왜?"

"실은, 엄마한테 너희 집 사정을 이야기했어. 미리 제대로 말하지 못해서 미안."

"…."

"그래서 엄마가 아카네랑 이야기하고 싶대."

"왜 말했어?"

"전에 영 케어러라는 말을 했었잖아. 그거 엄마한테 배운 말이야. 엄마가 시청에서 복지 관련 일을 하는데, 강연회 기획 같은 일도 하나 봐. 미성년자가 가족 돌봄을 부담하는 일도 조금씩 알려지고 있대. 너희 집은 어머니가 아프시지만, 앞으로 이런 일은 더 늘어날 거래. 고령화사회니까."

"그렇구나."

"싫으면 안 가도 돼."

아카네는 잠시 생각하는 듯했지만, 이내 가겠다고 대답했다. 그래도 유토는 조금 걱정되었다. 유토의 엄마는 그다지 첫인상이 좋은 편이 아니었다. 친근하게 말 걸어 주는 성격도 아니라서, 아카네를 긴장하게 만드는 건 아닐까 걱정스러웠다.

두 사람은 별다른 대화 없이 십오 분쯤 걸어서 유토가 사는 다세대주택에 도착했다.

"여기 낡았지? 지어진 지 사십 년이 넘었대. 그래서 뭐, 집세는 싸. 우리 집 가난하거든."

"쭉 여기서 살았어?"

"태어났을 때부터. 여기는 엘리베이터도 없어."

두 사람은 3층까지 일렬로 서서 계단을 올라갔다. 집 앞에 도착한 뒤, 유토는 직접 문을 열어 아카네를 맞이했다.

"집이 좀 좁아."

엄마는 마치 그곳이 자신의 지정석이라는 듯 부엌 식탁의 싱크대 쪽 의자에 앉아 있었다. 그래도 평소와는 달리 식탁 위에는 찻주전자와 컵, 다과가 준비되어 있었다.

"음, 우리 엄마야. 그리고 이쪽은 사카와중 2학년인 도미자와 아카네."

"처음 뵙겠습니다. 도미자와입니다."

아카네가 엄마를 향해 고개를 숙였다.

"잘 왔어. 집이 좁아서 답답하겠지만, 여기 앉으렴."

"네. 아, 이거 저희 시골에서 보내 준 사과인데, 맛 좀 보시라고 가져왔어요."

아카네가 봉투를 내밀었다.

"이런 것까지 안 챙겨 와도 되는데. 그래도 일부러 가져온 거니까 고맙게 받을게. 유토, 차 좀 내오렴."

찻주전자를 보니 이미 안에 찻잎이 들어 있어서, 유토는 보온 포트의 물을 따른 다음 뚜껑을 덮었다. 유토는 차가 우러나는 동안 찻잔을 컵받침 위로 옮기고, 모나카를 접시에 담아 식탁 가운데 올려놓았다.

우려낸 차를 아카네의 앞에 내밀자, 아카네가 작게 웃으며 말했다.

"고마워."

엄마가 차를 마시자 아카네도 조심스레 찻잔에 손을 뻗었다.

"아카네는 유토를 좋아하니?"

엄마의 직설적인 말투에 유토는 당황했다.

"뭐? 엄마 지금 무슨 소리를 하는 거야?"

하지만 아카네는 똑바로 엄마를 응시하며 말했다.

"네, 좋아합니다."

"그래, 유토를 좋아해 줘서 고맙구나. 굉장히 기뻐."

당황해서 뭔가 말하려는 유토를 무시하고 엄마가 다시 입을 열었다.

"공민 과목은 3학년 때 배우나? 헌법은 배운 적 있니?"

"네, 조금."

"나는 헌법에서 가장 중요한 건 인권이라고 생각한단다. 그리고 일본에는 교육기본법이라는 법률과 아동복지법이라는 법률도 있고, 아동 권리에 관한 조약이라는 국제조약 비준도 하고 있어. 이게 무슨 내용이냐면, 어른도 그렇지만 특히 너희 같은 아이들은 건강하고 문화적인 생활을 할 권리가 있고 교육받을 권리가 있다는 거야."

"…"

"그게 지켜지고 있지 않으면, 방해 요인을 제거해야 해. 그러기 위해서는 필요한 지원을 받을 수 있어야 하고. 내 말이 무슨 뜻인지 이해하겠니?"

"네."

단호하게 대답한 아카네는 입을 한일자로 다물고 엄마를 응시했다.

"안타깝지만, 복지 행정이 두루 미치지 않는 곳이 많기는 해."

엄마는 작게 한숨을 내쉬고는 다시 입을 열었다.

"학교 선생님께는 말씀드렸니?"

"…아니요, 자세히는 말씀드리지 않았어요."

"말하기 싫어?"

아카네가 고개를 끄덕였다.

"하지만 이런저런 집안일 때문에, 예를 들면 숙제할 시간이 없거나, 때로는 지각이나 결석해야 하는 일이 생겼을 때, 선생님이 사정을 모르시면 단순히 네가 게으름 피우는 걸로 오해하시지 않을까?"

유토는 조금 놀라서 엄마를 쳐다봤다. 지각도, 공부할 시간이 없는 것도 바로 지금 아카네가 맞닥뜨리고 있는 문제였다.

아카네도 눈을 휘둥그레 뜨고 엄마를 보더니, 살며시 유토에게 시선을 옮겼다.

"…하지만 이해해 주시지 않을 것 같아서, 어쩔 수 없다고 생각했어요. 어차피 엄마를 도울 수 있는 사람은 저뿐이니까요."

"참 성실하구나. 하지만 내 생각에는 너를 도와줄 사람도 필요할 것 같아."

"저를요?"

"선생님께 말하기 어려우면, 교육복지사에게 말하는 방법도 있어. 가끔 학교에 오지?"

그러고 보면 그런 직함을 가진 사람이 유토의 학교에도 가끔 오곤 했다. 아마 사카와중도 마찬가지일 것이다.

"네. 하지만 말한 적은 없어요. 그럴 생각도 못 했고요."

"그럴 수도 있겠네. 분명 혼자서 있는 힘껏 애써 왔겠지."

"…"

"하지만 교육복지사는 사정이 어려운 학생의 이야기를 듣고 해결할 수 있도록 지원하는 게 일인 사람들이야. 필요하면 복지 서비스로 연결해 줄지도 몰라. 어머니가 아프신 건 정말 안타까운 일이지만, '영 케어러'라는 관점에서 보면 네가 그 당사자야. 유감스럽게도 너 같은 상황에 처한 아이들에 대한 지원 체제는 아직 제대로 갖춰져 있다고 할 수 없어. 현행 제도에서는 아이들이 간병을 한다는 발상 자체가 없으니까. 지원이 필요하다는 세간의 인식도 약하고. 실제로는 이미 그런 가정도 많고, 앞으로 점점 더 늘어날 텐데…. 하지만 상담할 수 있는 곳이 전혀 없지는 않단다. 이 문제를 위해 힘쓰는 NPO도 있고. 그러니까 혼자 떠안으려고 하지 마."

"…네. 감사합니다."

아카네는 그렇게 말하고 고개를 꾸벅 숙였다.

"정말 의젓하구나."

"아니에요. 집안일 같은 것도 전혀 못 해서… 지금은 조금 익숙해졌지만."

"갑작스러운 일이었으니까. 무리도 아니야."

"하지만 제가 쓸모없고 무력하게 느껴졌어요. 저는 엄마를 안심시킬 수가 없어요. 아빠가 있어야 엄마 상태도 더 좋아 보이고…. 그럴 때면 역시 저로는 부족하다는 생각이 들어요."

아카네의 눈동자에 물기가 어렸다. 그렇지만 아카네는 필사적으로 눈을 깜빡이며 눈물이 흘러내리는 걸 참아 내고 있었다. 잠시 간격을 두려는 듯 차를 한 모금 마신 뒤, 엄마가 아카네에게 다시 말했다.

"그래도 그렇게 생각하면 안 돼. 너는 많이 노력하고 있잖니. 하지만 무슨 일이든 혼자 애쓰는 게 자립은 아니란다. 다른 사람에게 도움을 구하는 건 중요한 일이야."

"…."

"아버지는 바쁘시니?"

"네. 엄마가 쓰러지시기 전부터 나고야에서 단신 부임 중이셨어요. 새 프로젝트를 맡으셨다고 들었어요."

"어쩌면 말이야, 아버지는 네가 하는 일을 잘 모르시는 거 아닐까?"

아카네의 시선이 흔들렸다.

"네 아버지는 떨어져서 지내시니까 여러모로 알아차리지 못하는 일도 있을 테고, 남자 중에는 아무래도 가사를 가볍게 여기는 사람도 있거든."

"…아마 그럴 거예요. 게다가 아빠는 엄마 상태가 많이 안 좋을 때의 모습을 별로 본 적이 없거든요."

"많이 힘들었겠다. 그래도 역시 아빠에게 온전히 이해받는 건 중요하다고 생각해. 학교에 제대로 상황을 설명할 때도 아버지가 말씀해 주시는 편이 낫고. 설령 네가 하는 일이 아무것도 바뀌지 않는다고 해도, 아버지라는 존재가 이 상황을 안다는 사실이 중요한 거 아닐까? 무엇보다도 가장 가까운 사람에게 상담할 수 있다는 건 매우 중요한 거란다."

"…네."

"말할 수 있겠니?"

"네. 감사합니다."

"누군가에게 대신 말해 달라고 부탁해도 돼."

"괜찮습니다."

아카네는 한 번 더 고개를 숙인 다음, 자리에서 일어나 유토를 바라봤다.

"집까지 바래다줄게. 잠깐만 기다려. 나가는 김에 살 것도 있으니까, 지갑 좀 가져올게."

방으로 들어간 유토는 서랍에서 지갑을 꺼내 주머니에 넣었다. 거울을 보니 머리가 조금 삐쳐 있었다. 이런 머리로 줄곧 아카네를 마주 보고 있었다는 사실에 조금 낙담한 유토는 손으로 머리를 매만졌다.

부엌으로 돌아오니 둘이서 무슨 이야기를 했는지 아카네가 재미있다는 듯 웃고 있었다.

밖에 나오자 해는 꽤 기울었지만, 일몰까지는 아직 시간이 있어 보였다.

"해가 꽤 길어졌네."

무의식중에 기지개를 켜면서 유토는 말했다. 바람은 아직 차가웠지만, 한겨울의 찌르는 듯한 느낌은 이제 없었다.

"이제 곧 봄이니까."

"아까 왜 웃었어?"

유토의 질문에 아카네는 또 생각났다는 듯이 미소를 지어 보였다.

"유토를 잘 부탁한대."

"그게 웃긴 말은 아니잖아."

"그것 말고 유토에 관한 이야기를 들었거든. 어렸을 때는 형 뒤꽁무니만 따라다녔다던데."

유토는 희미하게 인상을 썼다.

"엄마가 그런 소리를 했어?"

"응. 그래도 형보다 걱정은 덜 하셨대. 잔병치레도 안 하고 뭐든 알아서 결정해서. 손이 별로 안 가는 애였다고 하셨어.”

“아니, 신경을 안 쓴 거야. 부모님은 나한테 아무런 기대도 안 하니까.”

“그렇지 않아.”

“그렇다니까. 형이 너무 잘나서 그래. 형은 우리 집안의 기대주거든.”

형과 나를 비교하며 괴로워했던 적도 있었지만, 지금은 형은 형, 나는 나라고 생각했다. 그래도 역시 엄마가 형을 더 중요하게 여긴다는 생각은 지울 수 없었다.

“이제 곧 합격 발표네.”

“나 붙었으려나?”

“하나도 걱정 안 돼. 그래도 바로 알려 줄 거지?”

“제일 먼저 알려 줄게. 맞다, 혹시 휴대폰 있어?”

“응.”

아카네가 자신의 휴대폰을 꺼내길래 유토도 주머니에서 휴대폰을 꺼내서 바로 메신저 친구 신청을 했다.

“평소에는 연락 안 할 거야.”

집안일로 벅찬 아카네를 귀찮게 하고 싶지 않았다.

“응. 나, 친구들한테는 말 안 했어.”

“휴대폰 가지고 있다고?”

“응. 일일이 답장 못 하니까.”

하긴, 바로 답하지 않으면, 답장이 늦다고 친구가 불평할지도 모른다. 애초에 집안일을 하고 있을 때 반 친구와 메신저를 할 여유가 있을 리도 없었다. 그렇다면 차라리 휴대폰이 없다고 해 두는 편이 나을 것이다.

"대화할 시간을 정하자. 그때만 연락할게. 하지만 만일 아카네가 힘들 때는 언제든지 연락해. 한밤중이라도 괜찮으니까."

"고마워. 오늘 가길 잘했어. 유토의 어머니와 이야기할 수 있어서 다행이야."

"그렇게 생각해 줘서 나도 다행이야."

그래, 자신에게도…. 조금이지만 지금까지 몰랐던 엄마의 모습을 본 듯한 기분이 들었다. 그리고 유토는, 분하지만 자신은 아직 미숙한 중학생일 뿐이라는 사실을 뼈저리게 느꼈다.

"있잖아, 나 히가시고에 갈 거야. 유토랑 같은 고등학교에 다니고 싶어. 그리고 엄마가 건강해지면 머리 기를 거야."

어머니가 아프시기 전에는 긴 머리였다고 아카네가 전에 말했었다. 유토는 아카네를 보며 긴 머리를 한 모습을 상상해 보았다. 앞으로 기대할 게 한 가지 늘었다.

사카와 힐스가 보이기 시작했지만 두 사람은 그대로 지나쳐서 공원으로 향했다. 휴일이라 그런지 초등학생들이 많이 보였다. 그네나 미끄럼틀에는 아이들이 놀고 있어서 가까이 다가갈 수 없었다.

"다른 사람들이 있을 때 둘이 같이 여기 있는 건 처음이네."

"앞으로는 더 많은 곳에 가고, 더 많은 걸 보자. 둘이서 함께."

아카네는 유토의 눈을 분명하게 바라보며 고개를 끄덕였다.

15

유토는 무사히 히가시 고등학교에 합격했다.

메신저로 곧장 아카네에게 소식을 전하자, 축하한다며 화려한 이모티콘을 보내왔다.

유토는 자신의 합격을 게시판에서 확인한 직후에 쇼와 딱 마주쳤다. 쇼도 별 탈 없이 합격해서, 두 사람은 함께 입학에 필요한 서류를 수령하고 중학교에 가서 담임에게 보고한 뒤, 패스트푸드점에 가서 햄버거를 먹으며 콜라로 건배했다.

그러는 와중에 사카와중의 히로키에게 축하한다는 메시지가 도착했다.

— 봄부터 같은 학교네. 겁나게 달려 보자고요!

엉뚱한 말투에 유토는 조금 웃었다. 일전에 히로키는 유토에게 같이 육상을 하자고 했었다. 잘 아는 사람이 있다는 사실에 마음이 든든했다.

육상은 계속할 생각이었다. 하지만 그것만 하고 있을 수는 없었다.

"여자친구?"

쇼의 질문에 유토는 휴대폰 화면을 보여 줬다.

"학원 친구. 사카와중 육상부야. 얘도 붙었대."

"뭐야, 남자였냐."

"이 녀석 여동생 있는데."

"진짜? 귀여워?"

"성실해 보이는 앤데, 이치고 노린대."

"우와, 대박이다."

저녁에 유토가 집에 돌아가니 엄마가 한창 지라시즈시(식초와 소금, 설탕 등으로 조미한 밥 위에 달걀지단, 생선회, 채소 등 다양한 재료를 얹어 덮밥처럼 먹는 초밥. 특히, 히나마쓰리 때 주로 먹는다-옮긴이)를 만들고 있었다. 나오토는 앞치마를 걸치고 설거지를 하고 있었다.

"뭔가 히나마쓰리 같네."

유토의 중얼거림을 듣고 뒤돌아본 나오토가 어이없다는 표정으로 말했다.

"너 말이야, 부모님한테는 바로 연락 좀 해."

"무슨 연락?"

"오늘 발표 났잖아."

"아, 그나저나 갑자기 웬 지라시즈시?"

"네 합격 축하야."

"어떻게 알았어?"

"나오토가 홈페이지로 확인해 줬어."

엄마의 말에 유토가 쳐다보자 형이 부루퉁한 얼굴로 시선을 돌렸다.

"그렇구나. 그런데 앞치마 진짜 안 어울린다."

유토는 저도 모르게 웃음을 터뜨렸다.

"저녁밥 다 되면 부를 테니까 방에서 기다려."

나오토의 말에 유토는 순순히 자기 방으로 들어갔다. 밥 먹으라는 소리가 들린 건, 삼십 분 정도 뒤였다.

"합격 축하해."

엄마와 형의 축하에 유토는 어색하게 대답했다.

"…고마워."

가족에게 고맙다 같은 말을 하는 건 정말로 쑥스러웠다.

식탁 위에는 지라시즈시와 샐러드, 닭튀김, 조림, 된장국 등이 차려져 있었다. 평소보다 다소 풍성한 식탁이었다.

"겐이치 씨한테도 연락했는데, 오늘은 일 때문에 간사이에 있대."

엄마는 마침 생각났다는 듯 말했다. 이대로 부모님은 계속 따로 살 생각인 걸까. 신경은 쓰였지만, 그건 두 사람이 결정할 일이었다.

"아빠는 돌아올 생각 없는 건가? 적당히 하고 들어오면 좋을 텐데."

나오토가 툭 내뱉었다. 아빠가 돌아오길 바라는 듯한 형의 발언에 유토는 조금 놀랐다. 하지만 얼른 화제를 돌리듯이 엄마를 보고 말했다.

"돈 좀 빌려줘."

"돈? 얼마나? 어디에 쓰려고?"

"3만 엔 정도. 나 고등학교는 자전거로 통학할 거라서, 자전거 사고 싶어. 돈은 아르바이트해서 갚을게."

"아르바이트?"

"고등학생이 되면 아르바이트할 거야. 히가시고 육상부는 그렇게 힘들지 않다니까, 일주일에 두 번 정도 서너 시간만 일하면 내 용돈을 빼고도 여름방학 전에 갚을 수 있고, 휴대폰비도 낼 수 있을 것 같아."

"그래, 알았어. 대신 이제 교통비는 필요 없을 테니까, 자전거는 엄마가 사 줄게."

"치사해. 나한테는 아르바이트하지 말라고 했으면서."

나오토의 항의에 엄마가 살짝 고개를 기울였다.

"무슨 소리를 하는 거니? 하지 말라고는 안 했어. 아르바이트해도 되냐고 묻길래 안 해도 된다고 했을 뿐이지."

"그게 하지 말라는 소리잖아."

"그건 아니지. 유토야 원래 뭐든 알아서 결정하잖아. 그러니 내가 이러쿵저러쿵 말해 봤자 소용없단 말이야. 그런데 너는 나한테 물어보니까 내 생각을 말해 주는 거잖니."

"그나저나 나오토는 내년에 입시잖아. 도쿄대 갈 거지?"

"안 가."

"그럼, 어디 갈 건데?"

"너한테 말할 필요 없잖아."

"뭐, 열심히 해."

유토의 말에 나오토는 순간 얼굴을 찡그렸지만, 금세 진지한 표정을 했다.

"히가시고도 나쁘지 않은 곳이야. 오히려 분위기가 자유로운 만큼 개성 강한 애들이 많다고 하더라. 그래도 공부 열심히 해. 재미있으니까."

유토는 순순히 고개를 끄덕였다.

아카네에게 만나고 싶다는 연락이 온 건 3월 3일 밤이었다.

메시지를 주고받으며 다음 날 밤 아홉 시에 공원에서 만날 약속을 정했다.

유토는 밤의 공원에 한 걸음 발을 들여놓았다. 아카네의 모습은 아직 보이지 않았다. 문득 꽃향기가 느껴졌다. 무슨 꽃인지 궁금해서 주위를 둘러봤을 때, 입구에서 아카네가 종종걸음으로 다가

오는 모습이 보였다.

"매화꽃이 폈어."

"아, 매화꽃 향기구나."

"벚꽃도 좋지만, 매화꽃도 괜찮지? 아, 그런데 오늘은 복숭아꽃인가?"

그렇게 말하면서 아카네는 봉투에 든 꾸러미를 내밀었다.

"생일 축하해!"

"아, 응. 기억하고 있었구나."

"당연히 기억하지."

아카네가 재밌다는 듯이 웃었다. 그 표정이 밝아 보여서 유토는 물었다.

"뭔가 좋은 일이라도 있었어?"

"응. 그래도 선물부터 열어 봐."

아카네의 재촉에 봉투 속 내용물을 꺼내 보니, 러닝용 흰 양말이 나왔다.

"육상 계속할 거지?"

"응. 고마워. 진짜 기쁘다."

"다행이다."

"그래서, 좋은 일은 뭐야?"

"그 후에 아빠한테 말했어. 엄마 평소 모습이 어떤지, 상태가 안좋을 때 얼마나 심각한지."

"그랬더니?"

"잠깐 동안 말을 못 하셨어. 나보고 고생시켜서 미안하대."

"아버지가 그러셨어?"

"응. 그래서 화냈어. 사과하지 않아도 되니까, 제대로 고민하라고. 그리고 나 공부 뒤처지기 싫다는 말도 했어."

"그랬구나."

"히가시고에 가고 싶어. 하지만 지금 이대로라면 떨어질 수도 있어. 지각도 많이 했고, 결석한 적도 있는데, 그런 거 내신에 영향 있잖아. 그래서 엊그제 아빠가 담임선생님한테 이야기하러 가 줬어. 그랬더니 어제 그러는 거야."

"담임이? 뭐래?"

"자기한테 제대로 말해 주길 바랐다면서, 내가 그렇게 열심히 집안일을 돕는 게 대단하다고 생각했대."

"하나도 이해 못 했네."

"그래도 안심했어. 솔직히 담임이 이해하고 있다는 생각은 안 해. 그래도 본인이 아무것도 몰랐다는 사실은 깨달은 모양이니까."

"자기가 모른다는 사실조차 깨닫지 못하는 사람도 있기는 하지."

"…그리고 아빠 돌아온대. 원래 일 년은 더 그쪽에 있을 예정이었는데, 인사부에 사정을 이야기해서 4월부터 도쿄 본사로 바뀌게 됐어."

"진짜? 잘됐다."

저도 모르게 들뜬 목소리로 말하자, 아카네도 기쁜 듯이 고개를 끄덕였다.

"유토의 어머니가 해 주신 영 케어러 이야기도 아빠한테 말했어. 아빠는 아무것도 모르고 있었어. 그래도 나한테 유토 같은 친구가 있어서 다행이래."

"친구…."

"그렇게 말할 수밖에 없잖아."

그렇게 말하면 반박할 수 없었다. 자신도 엄마에게 아카네를 친구라고 소개했으니까.

"뭐, 그렇지."

"그리고 상담받을 수 있는 곳도 있다고 유토의 어머니가 알려 주셨잖아. 아빠랑 이것저것 찾아보기로 했어. 지금 당장 상담받겠다는 소리는 아니지만. 아무것도 모르는 것과 만일의 경우에 상담받을 수 있는 장소가 있다는 사실을 아는 건 전혀 다르다는 생각이 들었어."

"나한테도 좀 기대 줘."

"밤에 했던 산책, 정말 고마웠어. 하지만 이제는 날 이해해 주는 사람… 유토와 만날 수 있잖아. 그러니까…."

"그러니까?"

"그러니까 나 이제 밤 산책은 그만둘 거야."

아카네는 또렷한 어조로 말했다.

유토와 아카네가 밤에 사카와 공원에서 만난 건 그날이 마지막이었다.

졸업식 날이 되었다.

졸업식에는 아빠가 보호자로 참석하기로 했다. 엄마는 출근일이라서 참석할 수 없다고 했다. 형의 졸업식 때는 휴가를 내고 참석했던 일이 머리를 스쳤다. 몇 달 전이었다면, 그런 일에 떨떠름한 기분을 느꼈을지도 모른다.

"딱히 무리해서 올 필요 없어."

유토는 아빠에게도 그렇게 말했지만, 아빠의 말로는, 나오토에게 가끔은 아빠다운 일을 하라며 한 소리 들었다고 했다.

"열다섯의 봄은 인생의 전환점이지."

"전환점?"

그날은 아빠가 집까지 마중 와서, 둘이 함께 학교로 향했다. 오랜만에 보는 아빠의 정장 차림이었다.

졸업식장에 들어서자, 생각보다 많은 아버지가 보였다. 단, 그건 부모님이 둘 다 참석한 경우였다. 여러 아버지 속에서 유토의 아빠는 어딘지 모르게 이채를 띠고 있었다.

정든 반 친구들과도 내일부터는 뿔뿔이 헤어지게 되었다. 그 사실을 곰곰이 생각하니, 정말로 인생의 전환점이라는 생각이 들었다. 그렇다고 해서 졸업식에 별다른 감회가 있지는 않았다. 이별에 눈물을 글썽이는 여자애들도 있었지만, 유토에게는 제일 친한 쇼와 같은 고등학교에 간다는 안도감이 있었다.

"너희 아빠 좀 멋있으시다."

쇼가 그런 소리를 해서 유토는 놀랐다.

"저런 불량 아빠, 어디가 멋있다는 거야."

그렇게 투덜댔지만 내심 기분은 나쁘지 않았다.

졸업식이 끝나고 체육관에서 나올 때였다.

"맞다, 너 여자친구 있다며?"

아빠의 말에 놀란 유토는 하마터면 나자빠질 뻔했다. 아빠에게 아카네 이야기를 한 적은 없었고, 엄마가 말했을 리도 없었다.

"무슨 소리야."

"나오토가 너한테 선수를 빼앗길 줄은 몰랐다면서 억울해하던데."

엄마가 아빠에게는 말하지 않았지만, 형에게는 말한 모양이었다.

"선수를 빼앗기기는. 인기는 그쪽이 더 많거든?"

"인기 있는 거랑 여자친구가 생기는 건 다르단다."

생일선물을 받은 후에도 유토는 아카네와 몇 번인가 만났고, 어제도 십오 분 정도 대화했다. 단, 낮에 만나서.

아카네의 생활은 여전히 힘든 모양이라서 그렇게 길게 만날 수는 없었다. 유토는 아카네를 방해하지 않으면서 조금이라도 함께 있기 위해 장보기에 따라가곤 했다. 아카네의 여동생 노도카도 세 번 정도 만났다. 노도카는 조금이지만 유토를 따르게 되었다.

아카네 어머니의 상태는 좋을 때와 별로 좋지 않을 때가 반복되는 듯했다. 그래도 아버지가 돌아오시면 분명 지금보다 여러모로 나아질 거라 믿는다고 아카네는 말했다.

"봄방학 때 도쿄에 놀러 갈 거야."

"여자친구랑?"

"…뭐, 그렇지. 어디가 좋으려나."

"뭘 하고 싶은지 생각해야지."

"아, 그러네. … 역시 하라주쿠 같은 곳이 좋겠지?"

"그걸 왜 나한테 물어보냐?"

그렇게 말하면서 아빠가 웃었다.

"혼잣말한 거잖아."

"나오토는 교토에 있는 대학에 가고 싶은가 보더라."

"거짓말이지?"

"거짓말을 뭐 하러 해."

"아니, 그런 뜻이 아니라, 진짜로?"

"그쪽 대학에 배우고 싶은 교수님이 있대."

"… 엄마가 쓸쓸해하겠는데?"

"그럴지도 모르지. 그래도 요코는 반대 안 할 거야."

"뭐, 그렇겠지."

아무런 근거도 없지만, 유토는 자신이 먼저 집에서 독립할 거라고 생각했었다. 그렇게 막연한 생각이 어긋나면서 인생은 나아가는 것일지도 모른다.

유토는 교문을 빠져나왔다. 중학생 신분으로 이 문을 지나는 건 오늘이 마지막이었다. 그 순간, 휴대폰 착신음이 울려서 유토는 멈추어 섰다. 휴대폰을 꺼내서 확인해 보니 아카네가 보낸 메시지가 와 있었다.

— 졸업 축하해!!

'Thank you'라는 이모티콘을 보내자, 곧바로 답장이 왔다.

— 나, 머리 기르기로 했어!

"여자친구냐?"

유토는 아빠의 능글맞은 웃음을 못 본 척하며 말했다.

"고등학교는 처음으로 내가 골라서 가는 곳이네."

아빠는 순간 진지한 표정을 지었지만, 금세 장난스러운 얼굴로 유토의 어깨를 툭 쳤다.

유토는 가슴을 펴고 아빠의 반걸음 뒤를 따라 걷기 시작했다.

'영 케어러'에 대해서

이 작품은 중학생의 연애 이야기지만, '영 케어러(Young Carer)'를 중요한 주제로 삼고 있습니다.

제가 영 케어러 문제에 처음 관심을 가진 몇 년 전에는, 주변 사람들에게 물어봐도 단어 자체를 모르는 경우가 대부분이었습니다. 지금이야 대중매체 등에서도 꽤 다뤄지게 되었고, 2020년 3월에는 사이타마현에서 영 케어러에 대한 지원을 담은 '케어러 지원 조례'가 제정되었지만, 아동 빈곤이나 학대 등에 비해 여전히 주목받는 일이 적고 실태 조사도 제대로 이루어지지 않는 상황입니다. 그렇지만 현실에는 가족의 간병을 떠안고 있는 초·중학생과 청년이 적지 않습니다.

또한 소설에서도 언급했듯이, 애초에 아이들은 간병인으로 상정되고 있지도 않은 탓에 도움의 손길을 내밀기가 쉽지 않은 상황이고, 이로 인해 정신적·시간적 부담에 짓눌리고 있는데도 주위에서 알아차리지 못해 방치되는 경우가 적지 않습니다.

사실 어리석게도 처음에는 제 일과 연관해서 생각하지 못했는데, 소설을 써 내려가다 보니 저 또한 영 케어러였을지도 모른다는 생각을 하게 되었습니다. 어머니의 병에 맞섰던 초등학교 4학년부터 몇 년간, 저는 필연적으로 가정 내에서 일정한 역할을 부담해야 했습니다. 다행히 형제가 많았던 덕분에 고독에 괴로워하는 일은 없었지만, 그럼에도 학교에 가서는 엄마의 병에 관해 말하지 못했고, 어린 마음에도 자신은 친구들과 다른 경치를 보고 있는 듯한 느낌을 받았던 일이 떠올랐습니다.

　영 케어러 문제에 대한 사회적 인식이 확산되고 실태가 밝혀져서 정책과 다양한 지원이 추진되어, 힘든 상황을 겪고 있는 청년들이 줄어들기를 기원합니다.

하마노 교코

옮긴이 **허하나**

경희대학교 일본어학과를 졸업하고 번역가로 활동 중이다.
옮긴 책으로《무리》,《달빛 수영》,《할머니와 나의 3천 엔》,《교도관의 눈》이 있다.

너의 곁에 있을게

1판 1쇄 발행 2023년 3월 3일

지은이 하마노 교코 | 그린이 나카다 이쿠미 | 옮긴이 허하나
펴낸이 윤혜준 | 편집장 구본근 | 디자인 오필민디자인

펴낸곳 도서출판 폭스코너 | 출판등록 제2015-000059호(2015년 3월 11일)
주소 서울시 마포구 월드컵북로 400 문화콘텐츠센터 5층 9호(우 03925)
전화 02-3291-3397 | 팩스 02-3291-3338
이메일 foxcorner15@naver.com
페이스북 www.facebook.com/foxcorner15
인스타그램 www.instargram.com/foxcorner15

종이 일문지업(주) | 인쇄·제본 수이북스

한국어 출판권 ⓒ 도서출판 폭스코너, 2023

ISBN 979-11-87514-99-2 43830